차원통제사

차원 통제사

1판 1쇄 찍음 2017년 11월 23일
1판 1쇄 펴냄 2017년 11월 30일

지은이 | 미르영
펴낸이 | 정 필
펴낸곳 | 도서출판 뿔미디어

편집장 | 김대식
기획 · 편집 | 한관희

출판등록 | 2002년 9월 11일 (제081-1-132호)
주소 | 경기도 부천시 원미구 소향로 17번길(두성프라자) 303호 (우) 14544
전화 | 032)651-6513 / 팩스 032)651-6094
E-mail | bbulmedia@hanmail.net
비북스 | http://www.b-books.co.kr

값 8,000원

ISBN 979-11-315-8458-3 04810
ISBN 979-11-315-8457-6 04810 (세트)

차원통제사

미르영 현대 판타지 장편 소설

대변혁 이후!

BBULMEDIA FANTASY STORY

1

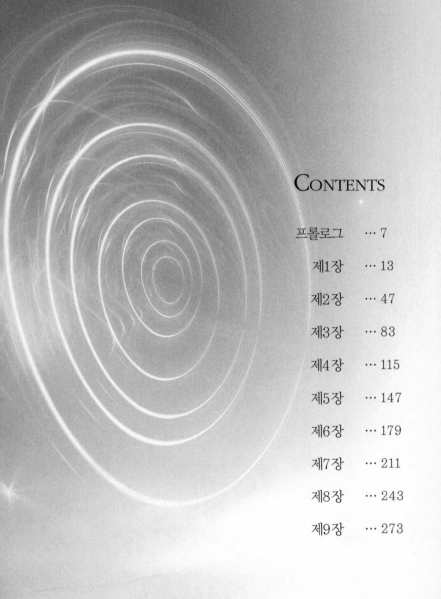

CONTENTS

프롤로그

번—쩍!

우르르르르릉!

콰— 콰콰콰콰쾅!!

구름이 낀 것도 아닌데 어둠으로 물든 하늘에 붉은 번개가 천지사방으로 내리쳤다.

사람들은 직감적으로 선지자들이 말한 세상이 변하는 그날이 찾아 왔음을 알았다.

종교에 깊게 심취한 자들은 휴거가 찾아 왔다거나 종말이 찾아왔다고 떠들어 댔지만 이내 그것이 아니라는 것을 깨달았다.

번개가 내리치는 하늘을 바라보자 누군가의 의지로 인해 이 세상이 변화하고 있다는 것을 저절로 알 수 있었기 때문이었다.

쿵!

쿠—웅!!!

더 넓은 세상을 향해 나아가라는 의미를 알 수 없는 의념이 찾아들자 사람들의 가슴이 거세게 뛰었다.

번—쩍!

콰콰콰콰쾅!

하늘만 가로지르던 붉은 번개가 어느 순간부터 지상으로 내리 꽂혔다.

"아!!"

갓난쟁이를 뺀 지구상에 존재하는 사람들이 자신도 모르게 감탄을 터트렸다.

지상으로 내리 꽂힌 번개로 인해 자신의 의식을 속박했던 족쇄가 깨지고, 의식의 깊은 곳에 자리 잡은 뭔가가 세상에 드러남을 느꼈기 때문이다.

무엇인가가 완전히 깨어난 후 사람들은 하늘을 잠식하고 지상으로 떨어져 내리고 있는 번개에 드리운 의지가 무엇을 말하고 있는지 조금씩 알아갔다.

콰르르르릉!

번쩍!!

콰지지지지지지지직!

뭐가 그렇게도 미진한 것인지 붉은 번개는 그치지 않고 계속해서 지상을 향해 내리쳤다.

시간이 지날수록 사람들에게 전해지는 의미가 강렬해졌다.

자신들이 깨달은 것이 잘못된 것이 아니라는 것에 확신을 가질 수 있었다.

자신들이 살고 있는 세상이 완전히 변해 버렸고, 평범하던 삶이 이제 완전히 변해 버렸다는 것을 알았다.

지금 살고 있는 세상의 경계가 허물어지고, 그 너머에 펼쳐진 보다 넓은 세상으로 나아가야 함을 깨달았다.

그렇게 꼬박 하루 동안 사람들은 번개가 지상으로 떨어지는 모습을 지켜보며 사람들이 자신이 존재하는 의미를 찾아가는 동안, 그렇지 못한 자들도 있었다.

그들 대부분은 그동안 이면세계라 불리던 다른 세상을 활보했던 능력자들이었다.

능력과 권력, 그리고 재력을 통해 세상을 주무르던 능력자들은 보통사람들과는 달리 자신들의 시대가 마감하고 있다는 것을 느꼈다.

세상을 잡고 흔들던 자신들의 시대가 이제 저물었음을 깨달은 이면세계의 능력자들은 소리 없이 모습을 감추었다.

그들은 자신들에게 전해진 거대한 의지의 뜻에 따라 한곳으로 모여들었고, 새로운 세상으로 나아가려는 이들에게 전할 것을 준비하기 시작했다.

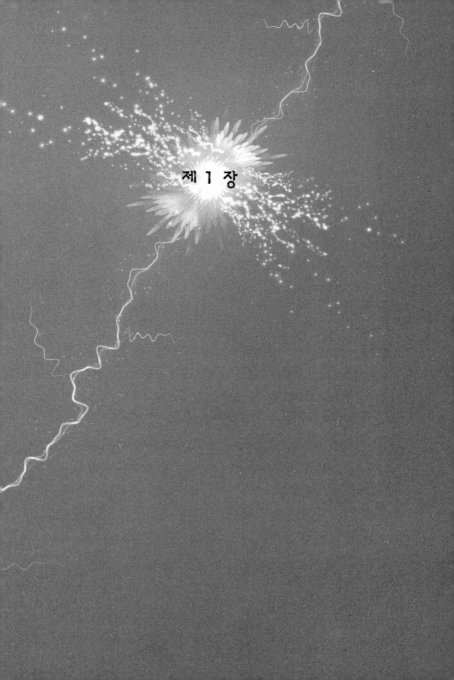

제 1 장

천지가 개벽하고 얼마 지나지 않아 대한민국에 살던 민초들은 지구상의 그 어떤 나라보다도 세상이 변했다는 것을 확실하게 느낄 수 있었다.

천지개벽의 현상이 일어나고 난 뒤 얼마 지나지 않아 대한민국에서는 그야말로 격세지감이라고 할 만큼 많은 변화가 일어났기 때문이다.

국민을 최우선 가치로 둔다는 대통령의 강력한 의지와 함께 대변혁과 동시에 본질을 깨우친 사람들로 인해 사회 정의가 바로 서기 시작했다.

이런 변화의 원인은 인간 본성에 대한 자각이었다.

사람들은 인간이 추구해야 할 가치가 부와 권력 같은 것이 아니라는 것을 깨달았다.

인간이라는 존재는 더 높은 상위의 세계로 나아갈 수 있는 특별한 존재였다.

성인들이 최선의 가치라 말했던 도덕과 정의 같은 가치 아래 마음의 수련을 통해 새로운 존재로 거듭날 수 있는 길임을 알았던 것이다.

그렇게 인간의 본성에 대해 깨닫자 모든 부조리한 것들이 정화되어야 한다는 열망이 높아졌고, 대통령을 전폭적으로 지지하는 결과로 나타났기에 유래 없는 정화의 바람이 불기 시작했던 것이다.

특히나 과거에 청산되지 않았던 일제의 잔재들이 깨끗하게 일소되었는데, 이로 인해 부당한 방법으로 부와 권력을 차지한 사회기득권층이 나락으로 떨어져 버렸다.

대통령과 정부의 노력으로 이들의 과거 행적이 낱낱이 밝혀졌고, 본성에 변화를 일으킨 탓인지 당사자들도 수긍을 하면서 큰 혼란 없이 사회가 정화되었다.

이 와중에 부당하게 모은 불법적인 재산들이 국고로 환수되면서 고통스러웠던 IMF 체제도 곧바로 벗어날 수 있었다.

그렇게 오랫동안 방치됐던 대한민국을 좀먹던 암적인 병폐가 사라지자 대한민국이 바뀌기 시작했다.

짧지만 격동이 시작되고 1년이 지난 후, 더욱 놀라운 일이 벌어졌다.

대변혁 이후 주석을 비롯해 북한의 수뇌부가 일제히 사라져 버렸다는 것이 알려졌다.

그동안 감춰져 왔던 비밀이 알려지자 북한 주민들의 집단 탈출이 줄을 이었고, 극심한 혼란에 빠진 북한의 체제가 급격히 몰락했다.

더욱 놀라운 것은 대한민국의 행보였다.

마치 북한의 체제가 몰락할 것을 예상이라도 한 듯 대한민국의 대통령은 전격적으로 한반도의 통일을 선언했다.

단지 선언뿐만이 아니었다.

어떻게 한 것인지 모르지만 대통령이 통일 선언을 하자마자 국가정보원과 함께 상당한 수의 인력이 DMZ를 넘어가 북한의 행정부와 군부를 장악해 버린 것이다.

그것은 그야말로 전광석화와 같은 조치였고, 덕분에 아주 빠르게 통일이 이루어져 버렸다.

중국과 러시아가 극심하게 반발을 했지만 대한민국 정부는 아랑곳하지 않고 자신들이 해야 할 일을 해나갔다.

대한민국 정부는 갑작스러운 통일 이후 한반도 안정화 작업에 전력을 기울였다.

제일 먼저 60만 명에 달하는 대한민국의 군인들 중 반수 이상이 북한의 경계를 이루는 국경에 배치되어 중국과 러시아의 도발에 대비했다.

그리고 1950년 6월 25일 북위 38°선 전역에 걸쳐 북한군이 불법 남침함으로써 한반도에서 전쟁이 일어난 후 지금까지 줄곧 휴전의 상징으로 남아 있던 DMZ를 철거해 버렸다.

이후 행보는 거침이 없었다.

대변혁에 적응하지 못해 혼란한 사회를 바로잡는 것은 물론이고, 모순적이고 구조적인 문제들을 해결해 나갔다.

그렇게 대변혁이 일어나고 5년, 그리고 통일이 된 지 4년이 지났을 때 중국과의 전면전이 발생했다.

전쟁의 발단은 1909년 대한제국을 빼고 일본과 청국이 체결한 간도협약의 불법성에 대해 대한민국이 중국에 정식으로 이의를 제기함으로서 촉발되었다.

턱도 없는 소리라는 중국의 일축과는 달리 대한민국에서는 세계 사회에 중국 측 주장의 부당성을 알렸다.

계속 중국이 무시하자 어떻게 구한 건지 간도협약의 원본을 내밀며 국토를 돌려주기를 촉구했고, 급기야 전면전까지 불사하겠다는 선언을 했다.

중국에서는 당연히 기회라 여기고 자신들의 주권을 침해하는 소국의 터무니없는 주장에 대해 강력하게 응징할 것이라고 천명을 했다.

6개월간의 치열한 외교전이 이어진 후 서로 간의 선전포고와 함께 곧바로 전쟁이 시작되었다.

고작 4개월이 걸렸을 뿐이니 전쟁은 그리 길지 않은 시간에

차원통제사

승자와 패자가 드러났다.

모두가 중국의 승리를 예상했지만, 놀랍게도 전쟁의 승자는 대한민국이었기에 세계 대다수의 국가들이 경악하지 않을 수 없었다.

군사 강국인 중국이 대한민국에 패배한 이유는 대변혁이후 생겨난 비대칭 전력에서 현격한 차이가 있었기 때문이었다.

바로 진성능력자라는 존재가 국가 간의 전쟁에 승패를 가른 것이었다.

기존의 화기나 무기들로는 제압할 수 없는 특별한 능력을 가진 존재들인 진성능력자들로 인해 중국은 전선 곳곳에서 패배했다.

그리고 후방 지역의 군사 시설과 기간 시설 대부분이 파괴된 탓에 전쟁을 수행할 수 있는 능력을 잃어버린 탓에 패배를 선언할 수밖에 없었던 것이다.

인구가 대한민국에 비해 거의 스무 배나 많은 중국이지만 산을 부수고 바다를 가르는 진성능력자의 전력에 있어서만큼은 대한민국이 압도적으로 많은 탓에 벌어진 일이었다.

대변혁이 일어난 후 지구상에 존재하는 인류 대부분이 자신의 본질에 대하여 각성하게 되면서, 다른 이들과는 다른 특별한 각성을 한 존재들도 있었다.

대변혁 이후, 초능력이라고 할 수 있는 특별한 능력을 사용할 수 있게 된 존재들이 나타난 것이다.

능력자들은 두 부류로 분류가 되었는데, 특별한 유물로 인해 능력을 가지게 된 유물 능력자들과 수련을 통해 스스로 능력을 개화한 진성능력자들이었고, 사람들은 이들을 통칭해 능력자들 이라고 불렀다.

이런 능력자들은 세계 곳곳에서 나타났다.

유물 능력자의 경우에는 워낙 숨기는 경우가 많아 통계를 내기 어려웠고, 진성능력자의 경우 다른 나라는 인구 1만 명당 한명 정도의 빈도로 나타났지만 대한민국의 경우는 아주 특별했다.

이유는 모르지만 대한민국의 군대에 소속된 이들 중에 소대 단위에서 적어도 한 명 이상이 나타날 정도로 압도적으로 많은 진성능력자가 나타났고, 이들이 전쟁을 승리로 이끈 것이었다.

중국과의 전쟁에 승리한 대한민국은 휴전 협정을 맺으며 불법적인 간도 협약을 폐기하고 옛 고구려와 발해 땅을 대부분 수복할 수 있었다.

하지만 전쟁은 그것으로 끝나지 않았다.

대한민국 정부는 중국과의 전쟁이 끝난 5년 후에 다시 연해주에 대한 문제를 러시아에 제기했고, 다시 전면전에 가까운 전쟁이 벌어졌다.

중국과의 전쟁에서 압도적인 진성능력자들로 승리를 거머쥐었던 대한민국은 러시아와의 전쟁에서도 마찬가지로 승리를 쟁취했다.

한중전쟁 이후 러시아는 기존 군사 전력을 물론 진성능력자들도 대거 증강시켜 국경에 배치해 두었지만, 워낙 압도적인 전력차이 때문에 결국 패배하고 말았던 것이다.

중국과는 차원이 다른 전력을 전면에 배치한 러시아였지만 속수무책이었다.

중국과 마찬가지로 전쟁이 발발한 후 대한민국 능력자들의 활약으로 가지고 있는 전력을 대부분 활용할 수 없었기 때문에 벌어진 일이었다.

진성능력자의 수는 거의 비슷했지만 질적인 면에서 현격한 차이를 보였던 것이다.

강대국과 두 차례의 전쟁을 치르는 동안 대한민국은 급격히 성장을 했다.

전쟁을 치르는 과정에서 마치 누군가 의도한 것처럼 대한민국 사회가 빠르게 정화되었고, 대한민국은 그야말로 환골탈태를 했던 것이다.

대변혁이 일어나고 10년이 지난 후, 대한민국은 세계가 알아주는 강대국이 되어 있었다.

그렇게 극동아시아의 호랑이가 기지개를 펴며 세계를 향해 도약하기 시작했지만, UN을 비롯해 강대국들은 손을 쓸 수가 없었다.

대변혁이후 강대국들 대부분이 자국 내에서 벌어지고 있는 혼란을 수습하기조차 벅찼기 때문이었다.

사람들이 내면의 본질을 알아버린 일로 인해 대한민국처럼 사회에 대한 정화 활동이 곳곳에서 시작되었고, 자국의 혼란을 수습하기 위해 밖으로 신경을 쓸 여유가 거의 없었기 때문이었다.

대한민국이 중국에 이어 러시아와의 전쟁에서도 큰 피해 없이 승리를 할 수 있었던 중요한 원인 중에 하나도 바로 이러한 현상 때문이라고 할 수 있었다.

오랫동안 곪아 온 자국의 내부 불만을 수습하기 위해 전쟁에 전력을 다하지 못했던 점도 영향을 미쳤던 것이다.

사회적인 혼란이 어느 정도 수습되고 난 후, 대한민국의 성장에 위협을 느낀 일본과 미국이 동맹국들과 손을 잡고 견제를 하려고 했지만 그럴 수가 없었다.

대변혁이 일어나고 10년이 막 지났을 무렵에 벌어진 사건으로 인해 흐지부지되어 버렸다.

대변혁의 날, 거대한 붉은 번개들이 떨어졌던 곳에서 예기치 못했던 일이 발생했던 것이다.

붉은 번개들이 떨어진 곳들은 신화나 전설을 머금고 있는 유적지였는데, 그곳에서 다른 세상으로 갈 수 있는 게이트가 나타났다.

차원을 잇는 게이트가 나타나는 순간부터 대변혁의 진정한 의미를 실감할 수 있었기에 대한민국의 변화는 강대국들의 관심에서 벗어나 버렸다.

세상에 남겨진 의지가 전했던 것이 한정된 공간에 머물지 말고 새로운 차원으로 나아가는 것임을 깨달은 것이다.

◈　　　◈　　　◈

내 이름은 윤성찬이고, 1차 각성자다.

대변혁이후 세상에 존재하는 모든 에너지의 흐름을 읽어내는 심연의 심안이라는 본질을 각성했다.

특별하고 놀라운 능력을 가지고 있다고 말할 수 있겠지만 세상 모든 사람이 자신이 가지고 본질을 각성한 상황이니 의미가 있을지 모르겠다.

2차 각성을 통해 진성능력자로 거듭나지 않는 한, 대변혁 이전의 보통 사람이나 마찬가지니 말이다.

아버지처럼 엔지니어 계통이나 음악 계통의 본질을 각성했다면 좋았을 텐데 에너지의 흐름을 읽어내는 심연의 심안이라니, 정말 재수가 없는 것 같다.

덕분에 이렇게 팀원들과 함께 작전을 수행하기 위해 반중력 비행 장치인 비공정에 타고 있게 되었으니 말이다.

그렇다고 내 본질에 불만만 있는 것은 아니다.

그동안 수많은 작전을 경험해 본 바로는 에너지의 흐름을 안정화시키는 일이 내 적성에 맞는 것 같으니.

더군다나 작전을 수행하는 동안 내 본질이 가지고 있는 사명이 무엇인지 깨닫게 되었다.

내 사명은 다른 것이 아니라 세상을 움직이는 기반이 되는 에너지의 흐름을 바른 쪽으로 안정화시키는 것이다.

세상 사람들이 살아가는 터전을 지키는 것이라고 할 수 있다.

전투 슈트를 통해 내 본질이 가진 능력의 일부만 사용할 수 있는 상태라 2차 각성을 통해 진짜 진성능력자가 되면 어떤 능력을 가지게 될지 궁금하기도 하다.

나는 지금 팀원들과 함께 지구 대차원과 연결이 된 차원이 아닌 다른 대차원과 연결이 될 것이 확실해 보이는 게이트를 제거하기 위해 비공정에 탑승한 상태다.

세상과 세상, 그리고 차원과 차원을 연결하는 게이트 중에서 지구 대차원이 아닌 다른 대차원과 연결이 된 것들이 제거하는 것이 나와 알파팀원들의 임무다.

다른 대차원과 연결이 된 게이트를 지우는 것은 아주 중요한 일이다.

게이트가 완전히 열린다면 이질적인 에너지가 쏟아져 들어와 지구를 비롯해 지구 대차원에 존재하는 여러 차원들이 심각한 위협에 직면할 수 있기 때문이다.

그리 쉽게 일어나지는 않겠지만 지구 대차원을 형성하는 에너지 기반이 흔들리면, 자칫 작은 차원 정도는 그야말로 순식간에 소멸될 수도 있으니 말이다.

지구에서 살고 있는 사람들은 모르지만 대한민국에는 차원

위기 대응 센터라는 것이 있다.

지구 대차원에 존재하는 차원 간에 교류가 이루어지는 게이트가 나타난 이후 설립된 곳으로, 위기 상황 발생 시 이를 처리하는 곳이다.

이 외에도 차원 위기 대응 센터에서는 차원 간의 이해가 상충되는 일들을 조율하는 등 여러 가지 다른 일들을 하고 있다.

한시적인 것이기는 하지만 가장 중요한 일이 바로 다른 대차원과의 연결을 막는 것이다.

대변혁 이후 지구 대차원에 속한 차원들에 흐르고 있는 에너지들이 안정이 되고 다른 대차원으로 나갈 준비가 완료가 될 때까지 말이다.

'으음, 이제 멀지 않았군.'

스텔스 기능을 가진 비공정이 반중력을 이용해 기동을 시작한 후부터 시간이 많이 지났다.

이제 슬슬 목적지에 도착한 것인지 녹색등이 켜졌다.

— **낙하 3분 전! 낙하 3분 전!**

점등과 동시에 기내에서 흘러나오는 방송을 들으며 팀원들과 함께 자리에서 일어났다.

그동안 여러 번 해왔던 돌발 게이트를 처리하는 것이기에 팀원들의 움직임에는 긴장감이라고는 없었다.

— 매번 하는 비슷한 임무라고는 하지만, 이번 작전은 중국 쪽에서 이루어지는 만큼 다들 긴장해라.

오늘 작전을 수행하는 지역은 국내가 아니다.

방심은 모든 사건 사고의 시작이기에 스킨 패널을 통해 무선 장비와 접속한 후 팀원들의 주의를 환기시켰다.

― 걱정 마슈, 대장!

― 걱정도 정도껏 해야지. 저것도 병이야, 병!

말들을 저렇게 하고 있지만 팀원들의 기세가 달라진 것을 느낄 수 있었다.

'이 정도면 문제는 없겠군. 형이 잘 이끌어 줄 테니 별 다른 일은 없겠지.'

― 정체가 들킨다면 전면전을 다시 치를 수도 있으니 흔적이 남지 않도록 최대한 주의해라.

다를 베테랑이라 별다른 문제는 없겠지만 곧바로 다시 주의를 주었다.

중국과의 전쟁이 끝난 지도 20년이 흘렀다.

대변혁의 날에 태어난 나는 그때 아주 어려서 직접 겪지는 못했지만 아주 대단했다고 들었다.

능력자들의 수가 압도적으로 많아 거의 일방적인 승리였다고 하지만 지금은 많이 다르다.

15억에 달하는 인구 대국답게 중국에 수많은 진성능력자가 출현한 덕분에 지금은 극도로 조심해야 한다.

자칫 이번 작전이 알려지기라도 한다면 중국과의 전쟁이 다시 벌어질 수도 있는 일이니 말이다.

― 가온, 이번 작전은 자네가 이끄는 유인조의 움직임이 중요하다. 놈들이 대상지의 게이트를 거의 파악한 만큼 전격적으로 치고 빠져야 할 시간을 벌어야 하니 말이다.

― 걱정 마쇼, 대장. 두 시간 정도는 충분히 놈들을 끌고 다닐 수 있으니까.

― 부탁한다.

우리 팀원들은 전부 암호명으로 불린다.

지금 내 지시를 받은 가온도 진짜 이름이 아니라 팀에서 부르는 암호명이다.

가온은 팀원들 중에 내 진짜 신분을 알고 있는 유일한 사람이다.

내 사촌 형이기도 하고, 같이 입대하고 알파팀에 들어왔으니 모를 수가 없다.

'그나저나 지구 대차원과 연결된 차원이 아니라 중국에서 지속적으로 다른 대차원과 연결된 게이트가 발생하고 있다니 뭔가 수작을 부리고 있는 것이 틀림없는 것 같은데……'

중국 땅에서 알려지지 않은 대차원을 연결하는 게이트가 계속해서 발생할 줄은 정말 예상 밖의 일이었다.

요사이 지구 대차원 밖의 차원과 연결되는 게이트가 늘어나고 있다고는 하지만 중국 땅에서 발생하는 빈도가 일반적인 통계와는 다르게 현저하게 높아지고 있다는 브리핑 때문에 긴장이 되지 않을 수 없었다.

작전에 투입되기 전에 개인적인 정보망을 통해 알아본 바로는 아무래도 게이트가 발생하는 것이 자연적인 것이 아니라 중국 정부의 손을 타고 있는 것 같으니 말이다.

'어차피 이번 작전이 끝나고 나면 조사를 해야 하니까 일단 접어두자. 게이트를 닫는데 필요한 시간은 이십 분이면 충분할 거다. 형이 이끄는 유인조가 포진하고 있는 놈들의 이목을 돌리면 문제가 없을 테니. 이런, 벌써 시간이 됐군.'

낙하할 시간이 됐음을 알리는 램프가 점멸하기 시작했으니 개인적인 의문점은 잠시 접어야 할 시간이다.

'자, 이제 시작해 볼까.'

소리 없이 비공정의 문이 열렸다.

기압차를 막아주는 슈트와 일체형 고글을 착용하고 있어 문제는 없다.

파파파파파파파파팟!

팀원들이 곧바로 비공정에서 뛰어내리기 시작했고, 나는 맨 마지막으로 낙하를 했다.

파르르르!

낙하산 없이 뛰어내리는 것이지만 위험해질 일은 하나도 없다.

피피핏!

낙하를 한 후 곧바로 전투 슈트의 팔과 다리에 장착된 윙이 튀어 나왔으니 말이다.

쐐애애액!

공기와의 마찰로 인해 파공성이 아주 크지만 상관할 필요가 없다.

이를 대비해 소리를 차단하는 마법이 사용되고 있으니까.

자유낙하와 비행이 동시에 이루어지는 가운데 빠르게 목표 지점까지 날아가고 있다.

아주 빠른 속도로 날아가고 있지만 충돌에 대한 걱정은 아무도 하지 않는다.

목표에 다다랐을 때 반중력 아이템을 사용하면 그만이니 말이다.

'지금!'

파앗!

목표 지점에 도착하는 순간, 중력을 거스르며 대기가 출렁인다.

팀원들의 몸이 허공에 멈췄고, 천천히 지상으로 내려선 후에 곧바로 지정된 위치로 가서 사방을 경계하기 시작했다.

— 에너지 유동 상태는?

— 감지기를 사용하는 에너지 유동은 없습니다.

— 작전지역까지 이동하는 데 장애는 있나?

— 이곳부터 게이트 발생할 예상 지점까지 2킬로미터 구간 안에서 우리를 알아차린 적은 없는 것 같습니다, 대장.

— 좋아.

주변 상황을 살펴보니 이상은 없는 것 같아 계획한 대로 작전이 끝날 수 있을 것 같아 기분이 좋았다.

― 모두 움직인다. 가온이 이끄는 조는 우회해서 다른 지역에 에너지 발생기를 심고, 나머지는 최대한 빠른 속도로 작전지역으로 이동한다.

지시가 있자마자 형이 자신들의 조원을 이끌고 좌측으로 움직였다.

게이트에서 발생하는 에너지 파동과 유사하게 발생하는 장치를 설치해 놈들을 유인하기 위해서다.

형이 데려간 다섯 명의 조원들이 제 역할을 다해줄 것이기에 나는 두 명의 조원을 이끌고 작전 지역으로 향했다.

'브리핑을 받은 대로라면 놈들은 게이트가 어디 있는지 정확한 위치를 모르고 있다. 아직 활성화되지 않았으니 에너지 발생 장치를 가동시키면 놈들은 반드시 움직일 것이다.'

작전지역에 포진하고 있는 중국 쪽 능력자들을 유인하기 위해 서브로 마련한 일이지만, 효과는 확실할 것이기에 빠른 시간 내에 작전을 마쳐야 한다.

'중국 내부라서 그런 건가? 목표 지점까지 매복을 하나도 설치하지 않았군.'

매복이나 초소 같은 것이 하나도 없었다.

은신하기로 한 지역까지 가는 동안 중국 쪽 능력자들과는 한 번도 조우하지 않아 차질이 빚어질 염려는 없을 것 같다.

우리가 목표로 하고 있는 곳은 거대한 암석군이 밀집해 있는 곳이다.

암석군 중에는 아주 오래 전에 만들어진 석굴 사원이 있는데, 그 안에 지구 대차원과는 연결되지 않은 대차원과 통하는 게이트가 발생할 것이라는 것이 센터의 분석 결과였다.

은밀히 이동하는 가운데 속도를 높여 마침내 작전지역에 도착할 수 있었다.

'저긴가? 저쪽으로 가야겠군.'

— 도착했다. 지금부터 은신 지역까지는 기밀 기동한다.

센터로부터 받은 아티팩트를 이용해 소음과 에너지 발산을 차단하며 미리 파악해 놓은 곳으로 은밀히 이동했다.

'달이 밝아서 다행이군.'

석굴 사원이 있는 암석군은 움푹 파인 분지 쪽에 위치해 있었는데, 야간이기는 하지만 우리가 도착한 언덕 위에서는 매우 잘 보였다.

'포진하고 있는 놈들이 모두 열다섯 명이군.'

감각을 열어 주변 상황을 살펴보니 석굴 사원 밖에 열 명이, 그리고 안에 다섯 명이 있는 것이 포착되었다.

사원 안쪽은 정확히 파악이 되지 않지만 바깥쪽에서 육안으로 보이는 것은 단 두 명뿐이었는데, 나머지는 은신을 하고 있는 것이 분명했다.

'유인조가 목표 지점에 도착할 때까지 기다리자.'

에너지 발생기를 설치하기까지 한 시간 정도 남았다.

게이트와 유사한 파동이 발생하면 반드시 움직일 것이기에 숨어 있을 필요가 있었다.

― 모두 이곳에 비트를 파고 은신한다. 놈들이 움직이고 난 후 십오 분이 지나면 작전을 개시한다.

명령이 떨어지자마자 팀원들이 주변에 있는 땅이 밀려나고 속으로 스며들기 시작했다.

지금 땅속에 은신하는 방법은 팀원들이 가진 능력이 아니라 전투 슈트에 장착된 기능이었는데, 마법으로 땅을 밀어내고 가라앉듯 숨는 것이었다.

에너지를 차단하는 인식 제어 장치가 가동되는 터라 초월급의 능력자가 아니면 절대 알아차릴 수 없는 은신 방법이다.

'숨자.'

나도 땅속으로 파고든 후, 은신한 채 놈들이 움직이기를 기다렸다.

얼마 후, 약속한 대로 형이 움직였는지 암석군 쪽에서 부산함이 느껴졌다.

'시작했나?'

형이 가동시킨 에너지 발생 장치의 파동을 감지한 것이 분명했다.

'후후후, 파동의 패턴이 완전히 같으니 움직이지 않고는 못 배길 거다. 더군다나 그곳은……'

놈들도 에너지 감식 장치를 가지고 있으니 갈팡질팡하는 것
도 오래가지 않을 터였다.

형이 에너지 발생 장치를 가동시킨 곳은 고대 신화를 간직한
유적지였으니 말이다.

'예상대로 움직이는군.'

아니나 다를까, 밖에 있는 자들과 사원 안쪽에 있는 자들이
형이 있는 곳을 향해 움직이기 시작했다.

'역시, 남는 자들이 있군.'

밖에 있는 자들은 전부 자리를 떴지만 사원 안에는 두 명이
남아 있다.

에너지의 패턴이 같더라도 처음 게이트 발생 조짐이 발견된
곳이니 떠나지 않고 감시를 할 생각인 것 같다.

— 모두 나와라.

수하들에게 지시를 내리자 떠오르듯 땅속에서 올라왔다.

— 사원 안에 두 명이 남았다. 최대한 빨리 처리를 해라. 놈
들을 처리하는 동안 게이트를 닫겠다. 가자.

짧게 작전을 설명하고는 곧바로 암석군을 향해 달려 내려갔
다.

사원 근처에 도착하자 진성능력자들답게 우리의 기척을 알아
차린 것인지 사원 안이 부산해졌다.

'연락을 하려 해도 소용이 없을 것이다.'

내려오기 전에 인식 차단 장치를 가동시켜서 유선을 물론이

고, 무선도 모두 차단되었다.

거기다가 마법이나 초능력을 이용한 텔레파시까지 모두 차단되었기에 연락할 방법이 없을 테니 당황스러울 것이다.

사원에 들어서기 직전, 안에서 에너지가 팽창하는 것이 느껴진다.

— 하나는 강화계, 하나는 원소계다. 원소계는 풍계 같으니 조심하도록.

사원으로 들어서며 능력자들의 성향을 팀원들에게 알려주고 난 뒤, 옆쪽 통로로 빠져 다른 곳으로 갔다.

놈들이 지키고 있는 곳은 사원이 중심부이기는 하지만 게이트가 열리는 곳은 아니었기 때문이다.

쾅!

콰콰쾅!!

전투가 시작되었다는 것을 알리는 듯 폭음이 들린 후에 먼지가 일었다.

시간을 정확하게 맞추어야 하는 일이라 빠르게 게이트를 닫아야 했다.

팀원들이 능력자는 아니지만 중심부에 있는 자들 정도는 충분히 저지할 수 있기에 서둘러 움직였다.

'저 모습은 파괴의 신이라는 시바로군.'

일렁이는 횃불이 벽면에 걸려 있었고, 사원의 동굴 벽면에 거대한 부조로 새겨진 시바신의 모습이 보였다.

'저곳이군.'

희미하게 에너지 파동이 느껴지는 곳을 보니 게이트가 발생하려는 곳은 시바신의 미간 부위였다.

'으음, 시바신을 새긴 것 자체가 마법진을 숨기기 위한 것이었나? 이 정도면 아주 오래 전에 새겨진 것이로군.'

겉으로 드러난 모습은 무척이나 위엄이 넘치는 모습이었는데 암석 안에 마법진이 형성되어 있었다.

마법진에서 발생하는 에너지 파동이 미간으로 집중되어 에너지가 충전되면 게이트가 열리는 방식이었다.

다른 대차원을 연결하는 마법진을 설치할 수 있다면 큰일이지만 그런 것이 아니라서 다행이었다.

'시간이 얼마 없으니 서두르자.'

시바신의 부조상은 대략 10미터가 넘었다.

게이트가 열리는 곳이 천정에 가까운 곳이라 꽤나 까다로운 작업이 될 것 같아 서두르기로 했다.

등에서 백팩을 벗어 안에 들어 있는 것들을 꺼냈다.

18자루의 손바닥 크기만 한 청동검과 천경이라 부르는 동경, 그리고 공령이라 불리는 팔찌 형태의 방울이었다.

언뜻 비수처럼 보이는 청동검을 하나씩 양손으로 잡고 시바를 향해 던졌다.

슈슉!

푸푹!

청동검이 틀어박힌 곳은 시바신의 발이었다.

슈슈슈슛슉!

푸푸푸푸푹!

연속해서 청동검을 다시 날려 하단전과 중단전 그리고 상단전에 각각 하나씩, 그리고 양 손에도 박아 넣었다.

푹!

마지막으로 청동검을 하나를 잡아 시바신의 부조상 아래 지면에 박아 넣었다.

'후우, 힘들군. 이제 마지막이다.'

능력자도 아닌 내가 암석으로 이루어진 부조상과 지면에 청동검을 박아 넣는 것은 그리 쉬운 일이 아니다.

에너지를 끌어와 사용할 수 있게 해주는 전투 슈트를 사용했음에도 힘에 부친다.

마지막 하나를 박아 넣어야 하기에 몸 안으로 밀려들어오는 전투 슈트의 에너지를 추슬렀다.

쐐—애액!

푹!

전력을 다해 던졌기에 파공음을 낸 청동검이 천정에 깊숙하게 틀어박혔다.

우르르르!

우우우웅!!!

마법진을 차단하고 에너지가 미간으로 집중되는 것을 막은 탓에 암석으로 이루어진 사원의 벽면이 심하게 떨리며 공명음을 토해냈다.

'아직 더 남았다.'

활성화되지는 않았지만 게이트의 형태는 형성이 되어 있었기에 아직 해야 할 일이 남아 있었다.

휘─이익!

청동으로 만들어진 동경을 시바신의 미간을 향해 던졌다.

티─잉!!

날아가던 동경이 미간을 마주하고 허공에 멈췄다.

지─이이잉!

미간의 에너지와 동경이 공명을 하며 소리가 흘러나왔다.

'후우, 마지막이다.'

손에 쥐고 있던 공령을 곧바로 천정에 박힌 청동검을 향해 던졌다.

딸랑!

맑은 방울 소리와 함께 공령이 울어 댔다.

공령의 소리가 울려 퍼지자 동경에 녹색의 빛이 뿜어져 나오기 시작했고, 미간에서 발산되고 있던 에너지가 아주 빠르게 줄어들기 시작했다.

지금 허공에 멈춰 서 있는 동경은 시바신의 미간에서 맴돌고 있는 이차원의 에너지를 흡수하고 있었다.

차원과 차원을 연결하는 것이 게이트인 만큼 거대한 에너지가 움직이고 있었지만, 공령은 무사히 에너지를 담아낼 수 있었다.

'이제 회수하자.'

임무가 끝나자 동경과 공령이 아래로 떨어져 내린 후 내 눈앞에서 멈춰 섰다.

— 제자리로 돌아 와라.

내 의지에 따라 건곤을 상징하는 하늘과 땅에 박힌 것과 마법진을 억제하기 위해 시바신의 부조에 박아 넣은 청동검들이 일제히 빠져 나와 동경을 향해 날아왔다.

스스스스스!

청동검들은 차원 에너지가 맴돌고 있는 동경 속으로 빨려 들어갔다.

뒤를 이어 팔찌 형태의 모습을 한 공령이 커지더니 동경의 테두리를 따라 달라붙었다.

뒤이어 동경의 모습이 점차 희미해지기 시작했고, 완전히 사라진 후에 공령의 비어 있는 안쪽 공간을 향해 오른손을 들이밀었다.

그러자 공령이 점점 줄어들더니 팔찌처럼 손목에 맞춰줬다.

그럼에도 허공에는 또 하나의 공령이 남아 있었는데, 바로 천경이 공령에 의해 변화된 모습이었다.

오른손을 빼내고 이번에는 왼손을 뻗어 빈 공간에 집어넣었고, 그 역시 천천히 줄어들며 손목에 채워졌다.

챙!

딸랑!!

양 손목을 부딪쳐 팔찌를 부딪치자 맑은 소리와 함께 발울 소리가 하나로 울려 퍼졌다.

각각 아홉 개씩 팔찌 안에 숨겨진 방울들이 공명을 한 것이었다.

파지지지직!

기묘한 소음이 사원 안을 울렸다.

시바신의 부조 안쪽에 새겨져 있던 마법진들이 부서지는 소리였다.

'후우, 완벽하게 폐쇄했다. 얼마 안 있으면 사원이 무너질 테니 묻혀 버리기 전에 이곳을 떠나야 한다.'

마법진에서 흘러나오는 에너지가 막히며 암석층을 건드려 대략 1시간 정도면 무너질 터였다.

이제 임무를 완수한 터라 곧바로 이탈해야 했기에 사원을 떠나려 했다.

퍼석!

이동하려는 순간, 부조상의 다리 밑에 제단 형태로 만들어진 암석이 먼지처럼 부서졌다.

'응?'

그냥 지나칠 수도 있었지만 돌가루 위로 뾰죽하게 솟아난 것 때문에 곧바로 떠날 수가 없었다.

가까이 다가가서 돌가루들을 헤치고 보니 여러 가지 물건들이 나왔다.

'뭔지는 모르지만 유물인 것 같으니 챙겨 넣자.'

등에 둘러멨던 백팩을 벗어 유물로 보이는 것들을 집어넣고는 다시 등에 멨다.

'가자.'

타타타탁!

시바신의 사원을 빠져 나와 팀원들이 있는 곳으로 갔다.

쾅!

콰콰콰쾅!!!!

그곳에서는 팀원들과 중국 쪽 진성능력자들이 아직도 전투를 지속하고 있었다.

풍계의 능력을 지니고 있는 능력자의 손짓을 따라 바람의 창이 매섭게 몰아치는 가운데도 팀원들은 능숙하게 피하며 강화계 능력자와 공방을 주고받고 있었다.

'생명력까지 사용하고 있다니…….'

금방 끝날 것이라고 생각했는데 팀원들이 고전을 하고 있는 이유를 알 수 있었다.

두 능력자는 자신의 생명을 도외시한 듯 삶의 근원이 되는 생명력을 짜내어 팀원들을 압박하고 있었다.

'이대로라면 지체하게 된다.'

두 시간을 약속했지만 형이 유인하는 것도 한계가 있다.

더군다나 이곳을 막고 있는 인식 차단 장치는 막대한 에너지를 소모하는 터라 가동 시간도 얼마 남지 않았기에 서둘러야 무사히 한국으로 돌아갈 수가 있는 상황이다.

'안 되겠다.'

다른 이의 생명을 앗아가는 일은 할 수 없지만, 어떻게 하든지 놈들을 처리해야 했기에 나서야 했다.

멀리 떨어진 곳에서 바람의 창을 날리는 놈을 향해 손을 들어 올렸다.

피―잉!

퍽!

공간을 격하고 날아간 청동검이 그의 미간에 박혔다.

내 존재를 알아차리고 흠칫하는 표정을 지었지만 내가 쏘아 낸 공격을 막지는 못했다.

하나를 처리하고 나니 위기를 느낀 강화계 능력자가 자신이 담고 있는 에너지를 폭주시킨 후 팀원들의 공격을 무시하고 곧장 나에게로 달려왔다.

피―익!

퍽!

강철처럼 단단해진 자신의 육체를 믿고 있었겠지만, 내가 쏘아 낸 청동검은 그가 움직이는 순간 미간을 뚫고 들어가고 있었다.

― 조금 있으면 인식 차단 장치가 가동을 멈추니 곧바로 빠져

나간다.

인식 차단 장치는 에너지가 떨어지면 자동으로 멈추고 폭발해 버리지만 문제는 그 다음이다.

안에 갇혀 있던 의지와 텔레파시가 곧바로 빠져나가 적들에게 이곳의 상황을 알릴 것이기에 최대한 빨리 벗어나야 했다.

타타타탁!

쾅!

사원을 빠져나오자 우리가 숨어 있던 언덕 위에서 인식 차단 장치가 폭발하는 소리가 들렸다.

'이제 더는 시간이 없군.'

결계의 힘이 사라지자 위험을 경고하는 의지가 사방으로 퍼지는 것이 느껴졌다.

— 서둘러라.

형과 약속한 장소로 빠르게 이동하기 시작했다.

지금 시간 정도면 놈들은 에너지 발생 장치를 찾아냈을 것이다.

더군다나 이곳에서 퍼져 나간 의지를 느꼈다면 급히 돌아올 것이기에 최대한 서둘렀다.

지나쳐간 흔적들이 조금은 남겠지만 그대로 두고 동쪽으로 최대한 내달렸다.

그리 눈에 띄는 흔적도 아니고, 앞으로 두 시간 후면 대자연의 경이로움이 지워 버릴 것이기 때문이었다.

상급 마나석을 에너지원으로 이용하는 전투 슈트를 입었던 터라 시속 80킬로미터에 육박하는 속도를 낼 수 있었다.

한 시간을 달려 약속된 장소로 갔으니 작전 지역에서 꽤나 먼 거리를 움직인 셈이다.

형을 비롯한 다른 조원들과 비공정이 올 때까지 기다려야 하는 터라 숨을 고르며 사방을 경계한 채 휴식을 취했다.

20여 분이 지났을까, 멀리서 달려오는 기척이 느껴졌다.

'모두 무사하군.'

우리가 있는 곳으로 빠르게 접근하고 있는 형을 비롯해 다른 조원들이었다.

— 다들 고생했다. 잠시 뒤에 비공정이 도착할 테니 쉬고 있도록.

먼지를 잔뜩 뒤집어 쓴 모습이 고생한 흔적이 역력했지만 위로의 말을 하지는 않았다.

사방을 경계하며 나름대로 쉬고 있는 팀원들을 뒤로하고 손등 피부 아래 삽입한 스킨 패널을 열어 통신 장비와 접속했다.

— 작전 완료. 귀환을 부탁한다.

작전을 수행하는 동안 대기권을 벗어난 곳에 머물고 있는 비공정을 호출했지만, 예상했던 것과는 달리 답신이 들려오지 않았다.

'뭔가 잘못됐다.'

뒤통수에 소름이 일었다.

대변혁이 일어나던 날 태어난 나는 철이 든 후에야 내게서 일어난 1차 각성의 본질에 대해서 알게 되었다.

그리고 알파팀에 들어온 후 수많은 작전을 수행하며 내 본질인 심연의 심안이 가진 또 다른 특성을 발견했다.

바로 진실을 마주 볼 수 있는 특성이다.

이런 특성으로 인해 웬만한 이상은 미리 알아차릴 수 있었는데 이건 전혀 예상하지 못한 일이었다.

'내가 이상을 알아차리지 못할 정도라면 적어도 초월급에 다다른 진성능력자가 개입했거나, 광범위 인식 차단 장치를 가동한 것이 분명하다.'

인식하지 못했을 때는 알아차리지 못했지만, 이상이 있다는 것을 알아차리자마자 강렬한 위기감이 뇌리를 스친 것을 보면 누군가 개입한 것이 확실했다.

'이건 정말 위험하다.'

알파팀에 들어온 이후 여러 가지 위험을 겪어 왔지만 이번에 느껴지는 것만큼은 아니었기에 소름이 끼쳤다.

— 비공정과 연락이 되지 않는 것을 보면 우리 작전이 노출된 것 같다.

— 그게 무슨 말이야, 대장?

— 알파팀에 들어 온 이후로 처음 느껴보는 위기다. 위험할

지 모르니 다들 주의하도록 해라.

단순한 이야기였지만 그동안의 경험으로 내 기시감이 엄청난 것이라는 것을 알고 있었기에 팀원들이 긴장하기 시작했다.

— 대장, 앞으로 어떻게 할 건데?

— 일단 이곳을 벗어난 후 본토로 향한다.

— 하지만 만만치 않은 거리인데 괜찮겠어?

— 비공정과 연락이 되지 않는 이상, 지금 우리가 취할 수 있는 방법은 그것밖에는 없으니 할 수 없다. 각자 비상 에너지는 챙겨 뒀을 테니 곧바로 이동한다.

지금 우리가 할 수 있는 것은 최대한 작전 지역에서 멀어지는 일이다.

비슷한 작전을 여러 번 수행해 왔지만 처음으로 중국에서 수행하는 것이라 다들 비상 상황에 대비했을 터였기에 별다른 말을 하지 않았다.

— 마나석 수량과 에너지 잔량을 확인하고 전투 장비를 점검해라.

다들 전투 슈트의 에너지원으로 쓰이는 상급 마나석을 교체한 후 장비를 점검했다.

— 이동한다.

준비가 끝난 뒤에 대기 장소를 벗어나 북쪽으로 달리기 시작했다.

본토로 가자면 동쪽으로 가야하지만 북쪽으로 향한 이유는 러시아와의 국경선이 가까워서다.

　러시아 쪽으로 가게 되면 안면이 있는 이들을 통해 본토로 돌아갈 수 있는 방법을 찾을 수 있을 것이다.

　'에너지가 문제인데…….'

제 2 장

상급 마나석이 장착된 전투 슈트의 최대 가동 시간은 네 시간이다.

하지만 이것은 전투 시에 적용되는 시간으로, 달리는 것만이라면 최대 여섯 시간까지 최고 속도를 유지할 수가 있다.

러시아 국경선까지는 1,000킬로미터 정도이기에 절반이 채되지 않는 거리만 이동이 가능하다.

교체해 보관 중인 상급 마나석이 충전되고는 있고는 하지만교체해서 사용한다고 해도 최고속도를 유지할 수 있는 시간은전부해서 열 시간뿐이다.

지금 상황으로 봐서는 틀림없이 적과 조우할 테니 충전되고 있는 마나석은 전투에 활용할 수밖에 없을 것이다.

최고 속도로 달릴 수 있는 시간으로 봤을 때 절반밖에는 가지 못한다는 말이다.

'일단 해보는 데까지 해보자. 뭔가 일이 벌어졌지만 센터장이 우리를 버릴 리 없으니 말이야.'

중간에 적을 만나기라도 한다면 이동 시간이 더욱 늦어질 것이 분명하기에 마음이 착잡했지만 최선을 다해야 했다.

이번 작전을 기획한 센터장이라면 분명히 우리들의 구조를 포기하지 않을 것을 믿기 때문이었다.

다행히 교체한 상급 마나석의 에너지가 다 떨어질 때까지 적과 조우하지 않고 이동할 수 있었다.

도로가 거의 없는 지역이라는 점이 적의 추적을 불리하게 한 것 같았다.

더군다나 우리가 이탈한 후 토네이도가 불어서 이동한 흔적을 지웠기에 추적을 어렵게 한 것도 한몫을 한 것 같다.

— 이제부터가 중요하다. 여기서부터는 팀을 둘로 나누어 움직인다. 가온 부팀장은 네 명을 이끌고 서쪽으로 이동한 후에 바이칼 호 쪽으로 이동한다. 그리고 나와 나머지 팀원들은 몽골과 러시아 국경선 쪽으로 이동을 한 후에 몽골 쪽으로 움직인다. 만약 적과 조우하게 되면 될 수 있으면 교전하지 말고 피하도록 한다. 그리고 지금부터 연락은 암호화된 통신 채널만 이용

한다.

　— 대장, 배신자가 있다고 생각하는 거야?

　— 정보를 얻을 수 없는 지금 상황으로서는 판단을 내리기 어렵지만, 우리가 이런 처지에 놓인 이유는 그것밖에는 없다고 생각한다.

　— 골치 아프게 됐군.

　— 연락이 끊어졌으니 센터장님도 어느 정도 상황을 알아차렸을 거다. 배신자에 대해서는 센터장니께서 알아서 하실 테니 우리는 본토로 귀환하는 것에만 최대한 집중한다. 질문 있나?

　— 대장, 국경을 넘은 후에 다시 인원을 쪼개야 될 상황이 발생할 수도 있을 것 같은데 그때는 어떻게 해야지?

　— 배신자에게 우리들의 비선이 알려져 있을 가능성이 있으니 그때부터는 팀원을 반으로 쪼갠 후에 각자 움직인다. 무운을 빈다.

형이 이끄는 팀원들과 헤어져 세 명의 팀원들을 이끌고 북쪽으로 향했다.

사원에 투입된 것으로 알 수 있듯이 아홉 명의 팀원 중에서도 강한 축에 속하는 이들이었다.

이번에는 우리가 추적하는 자들을 끌어들이는 유인조다.

이동하는 동안 적과 조우하지는 않았지만 고비사막 지역을 횡단하는 것은 쉽지 않은 일이었다.

그렇게 두 시간을 전속력으로 달린 후 잠시 멈춰 섰다.

'이런! 놈들이 기다리고 있다.'

멀리서 우리를 기다리고 있는 위험이 느껴졌다.

심연의 심안이 아니면 느낄 수 없을 정도로 아주 은밀하게 매복을 한 것을 보면 작정하고 기다리고 있는 것이 분명했다.

'으음, 이건 예상 밖이다. 어떻게 우리가 이동할 경로를 알아차린 거지?'

기다리고 기운들에서 느껴지는 자신감을 보면 만반의 준비를 하고 기다리고 있는 것이 역력했다.

경로를 정확히 파악해 능력자를 대기시킨다는 것은 쉬운 일이 아니다.

그럼에도 이렇다는 것은 누군가 실시간으로 경로를 알려주고 있기 전까지는 있기 때문이라는 것을 알 수 있었다.

'팀원들 중에도 배신자가 있는 것이 확실하다. 도대체 누가? 아직 거리가 있으니 일단 여기서 팀원들을 나누자. 누가 배신자인지는 모르지만 예상 경로를 벗어나게 되면 누군지 알 수 있겠지.'

배신자가 누구인지 알 수는 없지만 최선을 선택을 해야 했다.

모든 것이 불확실하기에 갈라져 이동하기로 했다.

— 나라와 오름이 한 조를 이뤄서 서쪽으로 이동한 후에 국경선을 넘어라. 피안과 나는 동쪽으로 이동한 후에 곧장 몽골로 들어간다.

— 조심하십시오.

평소 손발이 잘 맞춰 왔던 두 사람을 한 조로 묶어 이동을 시키고, 남아 있던 피안과 한 조를 이뤄 정반대 방향으로 빠르게 이동을 했다.

교체한 상급 마나석의 에너지가 다 떨어지기까지는 두 시간 정도 남았으니 최대한 거리를 벌려야 했다.

이동을 시작한 지 30분이 채 지나지 않아 기다리고 있던 자들이 둘로 갈라져 추적을 시작하는 것이 느껴졌다.

진성능력자가 포함되어 있어 에너지의 유동으로 놈들의 움직임을 확인한 것이다.

'그래도 다행이군.'

무사히 귀환하기 위해서 가장 필요한 것이 시간을 버는 것이다.

30분이라는 짧은 시간이었지만 꽤나 많은 거리를 벌릴 수 있었기에 어느 정도 여유가 생겼다.

─ 어느 정도 거리를 벌린 것 같으니 다행이지만 주의를 기울여야 할 것 같다. 뒤처지지 말도록!

─ 알겠습니다, 대장.

계속해서 달려 나갔다.

빠르게 달리면서도 놈들의 추적을 감시했다.

'으음, 놈들은 정확하게 우리를 따라 오고 있다. 피안, 너였구나.'

1년 전에 전주에서 열린 게이트를 닫으면서부터 심연의 심안으로 인간의 의식이 발산하는 에너지 파동을 느끼게 되어 능력이 더욱 강화되었다.

이로 인해 팀원들의 에너지 사용 방법을 어느 정도 알게 되었는데, 피안이 자신이 가지고 있는 에너지를 전부 쓰는 것을 한 번도 본적이 없었다.

오늘 사원 안에서 있던 전투에서도 마찬가지였다.

비상 상황을 대비해 여력을 남겨 두는 것이라고 판단해 전에는 이상하게 생각하지 않았지만, 사원 안에서의 전투는 아니었다.

근거리의 강화계와 원거리의 원소계 능력자 조합이 생명력을 소진해 가며 공격을 하고 있었다.

가지고 있는 에너지를 절반이나 남겨두고 상대할 수 있는 자들이 아니었는데 피안은 그렇게 했다.

팀원들과 헤어진 후 피안을 데리고 움직인 것은 그때부터 주목을 하고 있었기 때문이다.

이동하는 경로를 실시간으로 알려주고 있는 이가 피안이라는 판단에서였는데 불행하게도 내 생각이 맞은 것 같다.

'아마도 나 때문이겠지.'

기다리던 적들이 30분을 지체한 것은 아마도 나 때문일 것이다.

내가 극도로 긴장을 하게 되면 특별한 능력을 발휘한다는 것을 피안도 알고 있기에 함부로 연락을 취하지 않았을 것이다.

어느 정도 거리가 벌어지자 내가 안도한 척하며 지시를 내렸더니 그 사이 연락을 취한 모양이다.

'이제부터 목적이 뭔지 알아내야 한다. 무엇 때문에 배신을 한 건지? 그리고 놈들이 노리는 것이 무엇인지 말이야.'

놈들이 추적하는 이유가 게이트를 닫은 것 때문만은 아닌 것 같기에 목적을 알아봐야 했다.

그리고 피안 말고 다른 배신자가 있는 지도 알아내야 했기에 마음이 복잡했다.

'이제 본격적으로 움직이는 건가?'

거리가 벌어지고 있는 상황이라 이대로라면 문제가 될 것 같았는지 적들의 움직임이 빨라졌다.

타타타타타!

멀리서 헬리콥터의 프로펠러 소리가 들리기 시작한 것을 보니 본격적으로 움직일 모양이다.

'조금 있으면 확실히 확인이 되겠군. 센터의 보안이 얼마나 확실한 지 알 수 있는 기회가 될 수 있을 것이다.'

알파팀원들은 모두가 암호명으로 불리고 있다.

어떤 인물인지 그리고 무엇을 하다가 들어왔는지는 철저히 비밀에 붙여지고 있어 오랫동안 작전을 같이 작전을 수행해 왔지만 실제로는 잘 모른다.

사촌형을 제외하고는 전부 교체된 인원이다.

입대하고 특수전 훈련을 이수한 뒤 곧바로 알파팀에 배치를 받은 후에 계속해서 팀원들이 바뀌었고, 그나마 이번에 함께하는 팀원들이 가장 오래 됐는데 가장 짧은 기간은 6개월, 가장 긴 기간이 1년 4개월이 채 넘지를 못했다.

나는 피안이 중간에 변절을 한 건지, 아니면 위장 신분으로 들어 온 것인지 알아야 했다.

중간에 변절을 했다는 것도 문제가 되겠지만, 위장 신분을 이용해 알파 요원으로 들어왔다면 더 큰 문제였기 때문이다.

타타타타!

투투투투투투투!

헬리콥터 소리에 뒤이어 머신 건에서 발사된 총탄이 요란한 소음과 함께 쏟아지면 흙이 사방으로 튀었다.

직접 사격을 할 생각은 없는지 상당히 떨어진 곳에 총탄이 쏟아졌지만 충분히 위협적이었다.

'생포하려는 건가?'

총탄이 계속해서 빗발쳤지만 직접적인 사격이 없기에 결코 멈추지 않았다.

달리는 와중에 스킨 패널을 열어 통신 장비와 접속을 했다.

얼마 전까지 열었던 다중 채널을 닫아 버리고 딱 두 곳만 열었다.

— 추적은 있나?

— 없습니다.

— 없습니다.

— 예정대로 귀환하도록.

피안이 배신자라는 확인을 마쳤기에 간단하게 연락을 하고 패널을 닫았다.

타타타타탓.

피안이 어떻게 행동할지 파악하기 위해 속도를 더욱 높였다.

그때, 등 뒤에서 충격파가 다가오는 것이 느껴졌다.

뒤쪽에서 에너지 파동이 일어나는 것을 느끼자마자 피하려 했지만 그럴 수가 없었다.

너무도 은밀히 다가온 터라 느끼는 것이 너무 늦었다.

'젠장!!'

콰—앙!

전투 슈트에서 피어오른 배리어가 막기는 했지만, 에너지가 거의 떨어진 터라 충격파를 완전히 방어할 수는 없었다.

"크으윽……."

가까스로 균형을 잡은 후 흔들리는 내부를 진정시키며 피안을 바라보았다.

일체형 고글에 가려져 표정을 알 수 없었지만, 가지고 있는 에너지를 전부 쓴 것이 아니라는 점에서 피안이 결코 좋아서 배신한 것이 아님을 어느 정도 짐작할 수 있었다.

— 왜지?

— 미안하오, 대장.

타타타타탁!

헬리콥터에서 떨어져 내리며 포위하는 자들로 인해 더 이상 대화를 나눌 수 없었다.

— 나를 원망하시오, 대장.

포위망이 구축되자마자 피안이 허공으로 솟구치더니 헬리콥터에 올라타 버렸다.

'조금 더 물어보면 단서를 얻을 수도 있을 것 같았는데 아쉽군.'

마지막으로 내게 보낸 목소리에 미안함이 묻어 있었다.

무엇 때문에 우리를 배신했는지 알 수가 없게 된 상황이 너무 아쉬웠다.

피안이 맡은 역할은 나를 저지하는 것까지 인지 헬리콥터는 곧바로 현장을 이탈했다.

"드디어 만나는군, 알파팀장!"

포위망을 구축한 자중 하나가 유창한 중국어로 말했지만 대답하지 않았다.

"우리말을 모르는 건가? 우리가 파악한 정보대로라면 그럴 리가 없을 텐데?"

놈의 말처럼 중국어는 관어에서부터 광동어까지 원어민 수준으로 한다.

다만 대답할 필요가 없었을 뿐이다.

"오늘로서 끝이 났지만 네놈이 계속 우리 일을 방해해 왔다고 들었다."

"무슨 말인지 모르겠군."

흥미가 도는 말이었기에 음성을 변조해 대답을 했다.

"꽤나 유창하군. 네가 알파팀장이라는 것은 확인을 했으니 몇 가지 추가로 확인만 된다. 협조한다면 목숨은 살려주마."

"내가 협조할 것이라고 생각하나?"

"결심하기 어렵겠지만 우리에게 협조를 한다면 평생 만져보지 못할 거금은 물론, 눈이 돌아갈 정도의 미녀도 안겨 주도록 하지."

되지도 않는 수작이다.

"괜찮은 제안이기는 한데 내가 별로 그런데 관심이 없어서 말이야. 그나저나 지구 대차원과 연결이 되지 않은 게이트를 열려고 하는 이유가 뭐지?"

"역시 알파팀장이로군. 이 와중에도 정보를 캐내려고 하다니 말이야. 제압해라."

역으로 이유를 묻자 더 이상 볼 것도 없다는 듯 놈이 지시를 내렸다.

알파팀처럼 전신을 가린 채 움직이는 것을 보면 우리처럼 비밀에 가려진 자들이 분명하다.

정체를 확인할 수 있는 좋은 기회인데 아쉽다.

'어떻게 해서든지 얼굴 하나만 확인하면 되니 기회를 봐서 일체형 고글을 벗겨보자.'

많이도 필요 없이 한 사람만 얼굴을 확인하면 된다.

당장은 모르겠지만 이곳을 벗어나면 피안이 왜 배신을 했는지 알 수 있을 것이기에 기회를 노려보기로 했다.

'저건 중국의 무가출신 진성능력자들이 사용하는 전형적인 진법이로군.'

서서히 다가오는 자들을 보며 진을 형성하고 있다는 것을 알 수 있었다.

대변혁이 일어나기 전에는 잘 해야 합격술로서 의미가 있었을 뿐이었다.

기나 마나, 포스 같은 자연 에너지를 끌어와 사용할 수 없었기 때문이다.

하지만 지금은 아니다.

합격술에 더해져 자연 에너지를 사용할 수 있기에 능력이 떨어지더라도 강한 자를 상대할 수 있다.

'으음, 압박감이 상당하다. 저건 강자를 상대하기 위해 만들어진 것이 분명하다.'

무공을 익힌 자들이 펼치는 진법은 대부분 다수 대 다수나 한 사람을 상대할 때 많이 사용되는 것이다.

지금 저들이 펼치는 것은 나에게 에너지가 밀집되는 것이 개인전에 특화된 진법이 분명했다.

'다행이다. 저들이 나를 진성능력자로 생각하고 있으니 기회가 생길 가능성이 많겠군.'

진성능력자라면 저들이 내뿜는 에너지에 영향을 받을 테지만, 나에게는 상관이 없는 일이다.

내가 사용하는 에너지는 내부에서 끌어오는 것이 아니라 전투 슈트에 장착된 상급 마나석을 이용하는 것이라 영향이 덜 하기 때문이다.

'그렇지만 지금은 비검을 사용할 수 없으니 체술로만 승부해야 한다.'

전투 슈트에 장착된 마나석의 에너지가 완충되지 않은 상태라 상대할 수 있는 시간이 별로 없다.

상급 마나석이라고는 하지만 에너지를 끌어다 쓴다면 채 10분도 사용하지 못할 것이기에 어쩔 수 없는 상황이다.

'생포하려고 전용 무기를 사용하지 않는 것이 다행이군. 그렇지 않았다면 꽤나 골치가 아팠을 텐데…….'

알파의 팀장이면서도 나는 제약이 있어 절대 살인을 하지 못한다.

사원 안에서 청동검을 사용해 쓰러트린 진성능력자들도 사실 죽은 것이 아니다.

미간을 뚫고 들어간 청동검은 곧바로 에너지 형태로 변해 뇌의 인식 기능을 차단시켜 버린 것뿐이니 말이다.

놈들이 전용 무기를 사용했다면 어쩔 수 없이 살인을 해야 했기에 안심이 되었다.

─ 전투 시스템 개방!

포위하고 있는 자들의 진형을 확인하며 의지를 일으키자 전투 슈트 안쪽에서 돋아난 돌기들이 피부에 밀착하며 마나를 전달하기 시작했다.

정신이 고양되며 전신에 마나를 끌어 오른다.

내 본질이자 능력이기도 한 심연의 심안이 발휘됐다.

'보인다.'

진법을 형성하고 있는 진형 사이로 에너지가 휘도는 것이 보인다.

노란빛에 가까운 느낌의 에너지가 놈들 사이에서 움직임을 파악할 수 있다는 것은 나에게 큰 메리트다.

언제 어디서 놈들의 공격이 이루어지는 지 예측이 가능하니 말이다.

파파파파팡!

공격이 시작되고 몸을 피하자 공기가 터져 나간다.

맞는다면 어디 하나 부러지고도 남을 강력한 공격이다.

내가 살아 있기만 하면 되기에 웬만한 부상쯤은 아랑곳하지 않는다는 이야기다.

'저들은 죽이지 않으려면 부상을 각오해야겠다.'

에너지의 흐름을 따라 안전한 공간으로 계속해서 움직이며 공격을 피하고 있지만 쉽게 빠져 나갈 수 없을 것 같기에 각오를 다졌다.

'젠장!'

각오를 다지기 무섭게 뒤에서 들어오는 공격이 있어 피하려

했지만 순간적으로 파고 들어온 것이라 완전히 피할 수 없었다.

퍼억!

"윽!"

몸을 틀어 빗겨 맞았는데도 불구하고 충격이 상당했지만, 버티며 몸을 다시 틀어 연타를 먹였다.

퍼퍼퍽!

갈비뼈 밑과 가슴, 그리고 턱을 내리치고 난 뒤 마지막 공격에 손가락을 펴 놈이 쓴 고글의 돌기를 잡아챘다.

찌이익—!

일체형 고글의 밑이 찢어지며 놈의 얼굴이 드러났다.

쐐—애액!

파파파팡!

얼굴을 확인하는 순간 파상적인 공격이 밀어닥쳤지만, 신형을 아래로 내려 휘돌듯 다리를 내지른 후 몸을 말아 바닥을 굴렀다.

진형에서 약간 벗어나며 경계면에 다다른 후 슈트에 장착된 단추를 눌렀다.

푸—슈슈슈슈!

전신에서 푸른 연기가 솟구치며 진형을 따라 휘도는 에너지 사이로 스며들었다.

내가 지금 작동시킨 것은 마법의 한 종류인 포이즌을 모방한 것으로, 에너지 흐름을 따라 강력한 신경독이 퍼져 나간 것이다.

파파파파팟!

예상을 한 대로 쇄도하며 공격을 이어나가던 자들이 위험함을 느꼈는지 빠르게 뒤로 물러났다.

'진형에서 발생하는 증폭된 에너지만으로는 신경독을 막을 수 없을 것이다.'

잠시 물러난다고 해서 결코 피할 수 있는 것이 아니다.

마법적인 에너지가 가미된 것이라 신경독이 상대를 따라가고 있는 중이니 말이다.

고글이 찢어진 자는 벌써 중독되어 사지를 떨며 쓰러지고 있다.

단순히 뇌를 마비시키는 것이라 죽지는 않을 것이다.

재빨리 다가가 나머지 부분도 찢은 후 얼굴을 확인했다.

'이제 피하자.'

독이 알아서 추격을 하는 것도 내가 보내는 에너지가 있을 때만 가능한 일이라 지금부터 도주를 시작해야 한다.

파—팡!!

마나석의 에너지를 최대한 발로 보낸 후 지면을 박찼다.

콰—앙!!

지면이 일그러지며 작전지역을 벗어나 지금까지 달려오며 나오던 것과는 차원이 다른 속도가 나왔다.

지면에서 발생한 파장을 앞쪽으로 보내 진법이 형성한 결계의 에너지 막을 흔든 다음 속도가 실린 신체로 그대로 뚫어버린 후 벗어날 수 있었다.

파—앙!

지면을 박차고 달리기 시작했다.

한계를 초과해 에너지가 급속도로 유입되는 터라 달리는 속도는 거의 시속 400킬로미터에 달했다.

이는 내가 입고 있는 슈트가 다른 팀원들과는 다르기에 가능한 일이다.

피안을 태우고 날고 있는 헬리콥터라 하더라도 쉽게 따라올 수 없는 속도다.

헬리콥터의 한계 상 시속 300킬로미터 이상의 속도를 내기 어렵기 때문이다.

문제는 지금 전투 슈트에 장착된 상급 마나석의 에너지 상태로는 20분 이상 속도를 유지하기 어렵다는 것이다.

파파파팟!

달려 나가는 속도로 인해 먼지가 일었다.

흔적이 강렬하게 남겠지만 상급 마나석의 에너지가 다 닳을 때까지는 전력을 다해야 했기에 멈추지 않았다.

'어라?'

따라 붙는 자가 있어 살펴보니, 나를 포위했던 자들에게 나를 제압하라 명령을 내렸던 수장이다.

'저놈은 전투 슈트를 제대로 활용할 줄 아는군.'

무공이라 일컬어지는 경신법에 전투 슈트에서 발생하는 에너지를 사용하고 있는 것이 분명하다.

　내가 내는 속도와 거의 근접하게 따라 붙는 것을 보니 빠져나가기가 쉽지 않을 것 같다.

　슈아앙—!!

　섬뜩한 소리에 신형을 비틀었다.

　콰—앙!

　검에서 발생한 에너지 빔이 머리카락을 스치며 앞쪽의 지면을 때리며 터졌다.

　'검기인가?'

　심연의 심안이 아니었다면 지금의 일격에 죽었을지도 모른다.

　검강이나 오러 블레이드에는 한참 미치지는 못하지만 검기라면 전투 슈트 정도는 가볍게 베어낼 수 있는 터라 모골이 송연했다.

　검에 에너지를 밀집시켜 쳐내면서 유형화한 에너지를 발산하게 만든 것인 검기는 지금의 나로서는 상대할 수 없는 것이다.

　'마음먹고 죽이려고 하면 할 수는 있지만 아직 그래서는 안 되니 골치 아프군.'

　1차 각성을 했지만 아직 2차 각성을 하지 않았다.

　진성능력자가 되기 전에 사람을 죽인다면 인과율로 인해 내가 목표로 하고 있는 것을 얻을 수 없기에 다른 해결책을 찾아야 했다.

'이제 시간이 얼마 없다.'

상급 마나석의 에너지가 떨어질 시점이 얼마 남지 않았기에 최대한 빨리 결정을 내려야 했다.

슈―슈슈슝!

생각을 이어갈 사이도 없이 다리를 향해 연이어 검기가 날아들었다.

'죽지만 않으면 된다는 건가?'

어떻게 해서든지 나를 저지하려는 것 같다.

'준비한 것으로 될지 모르겠지만 일단 시도를 해보자.'

알파팀 단위로는 처음 외국에서 작전을 수행하는 터라 사전에 준비를 해둔 것이 있다.

내가 준비한 것은 오직 나와 형만이 아는 것으로, 센터에서도 알지 못하는 것이다.

피안을 비롯해 팀원들 또한 내가 준비한 것에 대해 알지 못하니 나를 쫓는 놈도 모를 가능성이 높았다.

'이제 머지않아 몽골 국경이다. 내일까지는 대기하고 있으라고 부탁을 해 뒀으니 좌표를 따라 가면 기다리고 있을 것이다.'

상급 마나석이 폐기 처분 되는 것을 각오하고 한계 속도를 넘어서 달리는 것은 몽골 국경에 준비한 것 때문이다.

'있다.'

먼동이 트느라 사방이 환해지고 있기에 멀리 보이는 곳에서 약속된 표식을 확인할 수 있었다.

— 지금 가고 있다.

스킨 패널을 열어 통신 장비에 접속한 후 약속된 주파수로 신호를 보냈다.

퍼석!

'이런 젠장!'

약속된 지점을 넘어 가기만 하면 되는데 신호를 보내자마자 상급 마나석이 부서지는 소리가 생생하게 들렸다.

갑작스럽게 속도가 줄어들었고, 뒤에서는 검기가 날아들고 있어 옆으로 피하며 몸을 굴렸다.

퍼퍼퍼퍼퍽!

기회다 싶은지 굴러가는 궤적을 따라 검기가 연이어 지면을 파고들었다.

'최대한 빠르게.'

철컥!

추적해 온 놈과의 거리는 겨우 1킬로미터 밖에 되지 않기에 몸을 굴리며 상급 마나석이 부서지며 열려 버린 에너지 팩에다가 조금 밖에 충전되지 않은 마나석을 집어넣었다.

'그나마 다행이다.'

눈에 떠오른 디스플레이에 나타난 에너지 게이지 상태를 봐서는 최악의 상황은 모면한 것 같다.

많아야 채 3분이 되지 않는 시간만 가동이 될 수 있었지만 그것만으로도 감지덕지였다.

　약간 모자란 감이 있었지만 어떻게든 방법을 찾을 수 있을 것 같다.

　퍼퍼퍼퍽!

　지면을 때리는 검기를 피해 일어나며 한 손으로 작은 돌을 두 개 집어 들었다.

　콰직!

　슈슉!

　지면을 발로 박차며 추적해 오는 놈에게 돌을 순차적으로 던졌다.

　손가락과 손바닥을 이용에 약간의 시간차를 두고 던진 돌에는 다른 유형의 에너지가 담겨 있다.

　첫 번째 돌은 놈이 쳐내려 하는 순간 폭발하게 만들었고, 다른 하나는 폭발의 영향으로 아래쪽으로 휘어지며 다섯 조각으로 갈라져 회전하며 쐐기처럼 박히게 만들었다.

　전투 슈트를 찢어발길 정도는 되지 않지만 내부에는 타격을 줄 정도는 되기에 시간을 벌 수 있을 것 같아서였다.

　쾅!

　우당탕탕!

　폭발음에 뒤이어 놈의 신형이 넘어지며 요란한 소리를 내는 것이 들렸지만 뒤돌아보지 않고 달렸다.

　놈을 지체시키느라 1분 정도 사용할 수 있는 에너지를 소모

한 터라 최대한 빨리 약속한 경계선을 넘어서야 한다.

퍼석!

예상대로 2분이 약간 넘어 슈트에 장착된 마나석이 부서져 에너지 팩이 열렸다.

"으아아아!!"

속도를 이기지 못해 넘어지지 않도록 육체를 최대한 쥐어 짜 냈다.

우당탕탕!!

다리 근육이 파열되며 고통이 치밀어 올랐지만 간신히 넘어 지지 않고 약속된 지점을 지나친 후 땅바닥을 굴렀다.

"헉! 헉! 크으윽!"

저절로 신음이 흘러나왔다.

전투 슈트를 사용하지 않고 인간의 한계 속도를 돌파해 약속 된 장소까지 거의 500미터를 넘게 달린 터라 일어설 수조차 없 었다.

"고작 여기까지면서 왜 악착같이 도망친 거냐? 크크크, 나를 수고롭게 한 대가는 치러야겠지?"

나를 쫓던 놈이 고글을 벗으면서 검을 치켜들었다.

"헉! 헉! 기본이 되어 있지 않은 놈이로군."

"무슨 개소리지?"

"헉! 헉! 조금 있으면 알게 될 거다. 크으."

"무슨 소리인지는 모르지만 나를 힘들게 한 네놈의 다리부터 잘라내고 시작하겠다."

"크크크큭, 한번 해봐라."

퍽!

놈이 검을 치켜드는 순간, 이마에서 파열음이 들렸다.

타—앙!

털썩!

뒤이어 사방을 울리는 총성이 들려왔고, 놈은 허물어지듯 바닥에 쓰러졌다.

타타타타탁!

뒤이어 다급한 발걸음 소리가 들려왔다.

고비사막 지역에 맞춰진 황갈색의 전투 슈트를 입은 자들이 빠르게 다가왔다.

전투 슈트를 입고 있는 자들은 중국의 영향권에 있는 몽골 정부와 싸우고 있는 반군들이다.

대한민국이 중국과의 전쟁에서 승리해 고토를 되찾은 후 활동을 시작한 자들로 몽골의 완전한 자주독립을 기치로 내세우고 정부와 싸우고 있다.

이들과는 개인적인 인연으로 몇 번의 도움을 준 적이 있는데, 만약의 사태를 대비해 도움을 부탁해 놓았다.

"왔나?"

"약속은 지켰다."

영원한 꽃이라는 뜻의 이름을 가진 뭉흐체첵이다.

쓰러진 놈을 저격한 것도 바로 이 사람으로 반군들을 이끄는 수장이다.

초원지대에서 출생한 사람답게 시력이 거의 6.0에 달하고, 침착한 성품으로 저격에 특별한 재능을 가진 자다.

"후후후, 아직은 아니지 않나?"

"초원의 용사는 약속을 생명처럼 지킨다. 내가 온 이상, 나머지 약속도 지켜질 것이다."

믿음이 가는 목소리다.

"그럼 부탁한다. 그리고 저자도 함께 옮겨 줬으면 한다. 여유분 마나석이 있으면 그것도 좀 주도록 하고."

"알았다. 자 여기!"

뭉흐체첵은 자신이 가지고 있는 여유분의 마나석을 나에게 주었다.

"고맙다."

"최대한 빨리 옮겨라."

마나석을 장착하는 동안 뭉흐체첵이 지시를 내렸다.

시체로 변해 버린 놈을 뭉흐체첵이 들쳐 업자, 그의 수하 네 명이 접이식 들 것을 편 후 나를 싣더니 그대로 달리기 시작했다.

― 귀환 준비 완료. 제5열은 피안이고, 진상 규명을 위해 남아야 하니 귀환 예정 시기는 6개월 후가 될 것이다. 나머지는 B플랜대로 시행 하도록.

스킨 패널을 열어 통신 장비와 접속한 후 팀원들에게 정보를 함축해 전달했다.

이제부터 6개월 동안은 형이 알파의 부팀장으로서 팀원들을 지휘하게 될 것이다.

B플랜이 가동된 이상 팀원들은 센터로 귀환하지 않고 내부의 배신자를 찾기 위해 움직일 것이다.

나 또한 귀환하지 않고 몸을 추스른 후 중국으로 잠입을 할 생각이다.

피안이 어쩔 수 없이 배신을 해야 했던 이유를 알아야 하니 말이다.

'한 놈은 죽었지만 얼굴을 인지했으니 피안의 배후에 있는 자들을 찾는 것은 그리 어렵지 않을 것이다. 문제는 제대로 된 정보를 얻을 수 있느냐 하는 건데, 몸을 추스르는 동안 생각해 보자. 앞으로 육 개월 동안은 나 혼자서 움직여야 하니 말이다.'

적대국인 중국에서 센터의 도움도 받지 못한 채 작전을 펼쳐야 하기에 생각할 것이 많았다.

뭉흐체첵의 도움을 받는다면 보다 수월하겠지만 이번 도움으로 약속을 지킨 것은 물론이고, 충분히 위험을 감수했기에 더 이상의 부탁은 곤란하다.

'몽골 반군들이 이번 위기를 잘 이겨내야 할 텐데……'

자신들에게 반기를 든 반군에 대해 몽골 정부에서 중국에 정식으로 도움을 요청한 이상, 앞으로 뭉흐체첵도 힘든 시간을 보내야 한다.

사실 더 이상의 부탁은 나로서도 사절이기는 하다.

내가 반군들과 함께 하고 있다는 것이 알려지기라도 한다면 중국에서 전격적으로 능력자들을 투입할 가능성이 높으니 말이다.

❖　　　❖　　　❖

― 귀환 준비 완료. 제5열은 피안이고, 진상 규명을 위해 남아야 하니 귀환 예정 시기는 6개월 후가 될 것이다. 나머지는 B플랜대로 시행하도록.

스킨 패널을 통해 팀장의 통신을 받은 팀원들이 일제히 멈춰섰다.

― 어떻게 생각하나?

― 피안은 절대 우리를 배신할 사람이 아닙니다.

부팀장인 가온의 말에 바람이 대답했다.

― 그래, 대장의 통신으로 볼 때 특별한 사정이 없는 한 피안이 배신할 사람이 아니지. 우리에게는 추적자가 붙지 않은 것 같으니 일단 나라와 오름에게 연락해 합류하도록 한다. 그리고 지시대로 우리는 지금부터 B플랜을 시작한다.

― 대상은 어디까지 입니까?

― 센터장 이하 전원이 조사대상이다.

― 비공정이 제때에 도착하지 않은 것도 그렇고, 작전에 관여할 수 있는 사람 중에 배신자가 있다면 귀국하지 못할 수도 있습니다.

― 지금에서야 말하는 것이지만 대장이 따로 준비한 것이 있으니 그것은 걱정하지 마라.

― 대장이요?

― 외국에서 하는 작전이 이번이 처음인데도 센터에서 별다른 예비 플랜을 준비하지 않는 것을 보고 따로 준비를 해뒀다고 했다.

― 역시! 대장이 가지고 있는 특성이 발휘된 건가요?

― 맞다. 사실 나는 예감이 맞지 않기를 바랐지만 이렇게 맞아버렸으니 대장이 준비한 대로 움직인다.

가온의 말에 다들 고개를 끄덕였다.

― 바람, 두 사람에게 곧바로 연락을 해라.

지시를 내리자 바람이 곧바로 통신을 열어 나라와 오름에게 연락을 취했다.

― 대장의 통신을 들었을 테니 곧바로 우리와 합류하도록 해라.

― 알았다. 이동 경로를 그쪽으로 잡고 있으니 하루 정도면 합류할 수 있을 것 같다.

― 혹시나 추적자가 있을지 모르니 최대한 흔적을 지우며 움

직여라.

— 알았다.

통신을 끝낸 바람이 고개를 끄덕였다.

— 연락을 완료했습니다.

— 이동한다.

가온의 지시에 알파팀원들은 곧바로 움직였다.

중국 쪽의 능력자들이 팀장을 유인하는데 투입이 되었던 터라 상당히 거리를 벌려 어느 정도 여유가 있었기에 자신들이 움직인 흔적을 지우며 바이칼 호를 향했다.

통신이 이루어진 대로 나라와 오름은 다음 날 합류할 수 있었다.

상급 마나석의 에너지 상태를 감안해 이동을 해야 했기에 속도는 많이 늦춰졌지만 완벽하게 흔적을 지우며 이동을 해 나갔다.

그렇게 4일을 이동한 후, 알파팀원들은 바이칼 호에 근처에 도착할 수 있었고, 오랫동안 그들을 기다리고 있던 사람들을 만날 수 있었다.

그들은 일제시대에 박해를 못 이겨 한반도를 떠나 바이칼 호 근처에 터를 잡고 살아온 이들로, 부팀장과도 안면이 있는 사람들이었다.

팀원들이 일체형 고글을 쓰고 있어 얼굴을 확인하지 못해 불안할 만도 하건만 반갑게 맞아주는 이들을 보면서 알파팀원들은 비로서 안도할 수 있었다.

알파팀은 그들의 거주지에서 사흘간 푹 쉬며 몸을 추스른 후 떠나기로 했다.

계절에 따라 이리저리 이동하며 유목생활을 하는 터라 외부에 알려지기는 어렵겠지만, 대한민국과 전면전을 치렀던 러시아 땅이기에 자신을 환대해 준 사람들에게 만에 하나라도 피해를 주기 싫었기 때문이었다.

"이렇게 보내니 섭섭합니다."

촌장인 박상원이 섭섭함을 드러냈다.

"아닙니다. 지금까지 환대해 주신 것만으로도 감사한 일입니다. 러시아 쪽에서도 타클라마칸 사막에서 벌어진 일에 대한 정보가 들어갔을 테니 지금 떠나는 것이 맞습니다."

"그래도……."

"일 년 후에 다시 올 생각이니 그리 섭섭해하지 않으셔도 됩니다."

"알겠습니다. 회포는 그때 푸는 것으로 하겠습니다."

"예, 그럼."

가온은 박촌장에게 인사를 한 후 곧바로 마을을 벗어났다.

유목 생활을 하는 터라 자신들이 떠나면 박상원이 이끄는 마을 사람들도 떠날 것을 알기에 뒤는 돌아보지 않았다.

"어디로 가는 겁니까?"

팀원들 중 수송을 담당하고 있는 나래가 물었다.

"대장이 준비를 해 놓은 것이 있다."

"혹시?"

"그래, 비공정이 숨겨져 있으니 그걸 타고 대한민국으로 가면 된다."

"방공망에 걸릴 겁니다."

"지금까지 나온 비공정과는 완전히 다른 놈이고, 등록도 되어 있지 않으니 그런 걱정은 하지 않아도 된다."

"대장이 어디서 훔치기라도 한 겁니까?"

"나도 잘 모른다."

비공정은 운용하는 국가도 강대국에 한정되어 있을 정도로 전략적으로 사용되는 것이기에 개인이 가질 수 없는 것이었다.

팀장의 능력이 어디까지인지 궁금했지만 나래는 더 이상 묻지 않았다.

부팀장도 모른다면 물어보았자 소용이 없을 것이기 때문이었다.

그렇게 알파팀원들이 향한 곳은 바이칼 호였다.

비공정이 감춰진 곳이 바이칼 호의 수중이었기 때문이다.

입고 있는 전투 슈트는 우주복으로 사용해도 아무런 이상이 없는 것이기에 수중에 대기하고 있는 비공정까지 가는 것은 문제가 없었다.

— 아무것도 없지 않습니까?

목표한 지점에 당도했음에도 비공정이 보이지 않자 나래가 물었다.

— 스텔스 기능이 가동되고 있는 중이니 잠시만 기다려라.

가온의 말이 끝나기 무섭게 전면에 희미하게 비공정의 모습이 비춰지기 시작했다.

— 이야! 마법진을 사용한 건가요?

알파팀의 수송 담당답게 탈것에 집착이 심한 나래가 관심을 드러냈다.

— 임시로 운행할 수 있는 권한만 부여 받아서 나도 어떤 기능이 있는지는 자세히 모른다. 하지만 누구에게도 들킬 염려는 없다고 하니 안심해도 될 거다.

— 현존하는 어떤 탐지 장치도 발견할 수 없다니, 저 정도의 스텔스 기능이면 정말 대단한 물건입니다.

대변혁이 일어나고 다른 차원과의 교류가 활발해진 이후 탐지 기술은 비약적으로 발전을 했다.

모두가 마법이라는 신비로운 에너지 활용법으로 인해서다.

국가 간의 분쟁이 잦아든 것도 탐지 마법을 활용한 각종 탐지 장치의 발전으로 이상 행동을 사전에 알아차릴 수 있게 된 덕분이 클 정도다.

그런 상황에서 아무도 탐지할 수 없다면 굉장한 일이었기에 다들 비공정에 관심을 보였다.

— 다를 외곽에 쳐져있는 배리어로 들어서라.

― 배리어로 물이 침투하는 것을 막고 있는 거군요.

― 그렇다고 들었다. 어서 가자.

가온의 지시에 배리어 안으로 들어서자 비공정의 문이 열렸다.

조종석을 제외하고 딱 열 명이 타게 되어 있는 구조로 만들어져 있어 좌석에는 문제가 없었다.

― 각자 위치를 지키며 탑승해라.

가온의 지시에 팀원들은 비공정으로 작전을 수행할 때 탑승하는 위치대로 좌석에 앉았다.

스르르.

좌석에 탑승하자 비공정의 문이 닫히며 천천히 떠오르기 시작했다.

슈―우웅!

수면 위로 떠오른 비공정이 급가속을 하며 곧바로 하늘 위로 떠올랐다.

― 와우! 이거 정말 굉장한데요.

다른 비행체라면 10G 이상의 압력이 가해졌을 테지만 일반 자동차를 타는 것처럼 아무런 압력도 느끼지 못하자 나래가 탄성을 질렀다.

작전지역에 침투할 때 사용한 비공정만 하더라도 압력이 굉장했기에 전투 슈트를 가동하고 있어야 했는데 그럴 필요가 없기 때문이었다.

— 작전 기간은 대장의 말대로 정확히 6개월 동안 만이다. 작전이 실패하게 되면 센터로 복귀하지 않고 그대로 잠수해 각자의 생활로 복귀하면 된다.

— 각자의 생활로 복귀하다니 무슨 말입니까?

팀장이 작전을 수립하는데 도움을 주는 정보 담당인 누리가 물었다.

— 나에게만 한 이야기지만 사실 대장은 몇 달 전부터 센터를 의심하고 있었다.

— 센터를요?

— 이런 결과로 나타날지는 몰랐지만 누군가의 입김이 닿고 있다는 말을 했었지. 문제가 지속되면 이대로 팀을 해산해야 할지도 모른다고 덧붙이기도 했고 말이야.

— 그걸 알게 된 것도 역시 대장의 특성 때문인가요?

— 그런 것 같다. 사실 이번 작전에도 의문이 많다고 했었다. 그것 때문에 혼자 비밀로 간직하고 있던 비공정도 우리를 위해 움직인 것이다. 이 비공정은 대장의 비밀이니 다들 엄수 하는 것이 좋을 것 같다.

— 알겠습니다!!

팀원들이 일제히 대답을 했다.

— 센터를 정화하는 작업이 성공할 수도 있지만 실패할 수도 있는 상황이라 본토에 도착하기 전에 대장이 남긴 말을 전하겠다.

― 대장이 남긴 말이 있어요?

― 대장이 제시한 기간이 지나게 되면 우리는 한 번 모이게 될 것이다. 작전의 성공 여부를 떠나서 모두들 팀을 떠나게 될 테니 말이다.

― 팀을 떠나다니 무슨 말이죠?

알파팀의 유일한 여성 팀원인 오름이 물었다.

전혀 들어 본 바가 없었기에 아머지 팀원들도 궁금한 듯 가온에게 시선을 던졌다.

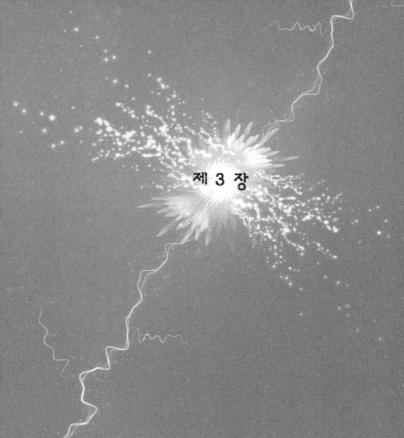

제 3 장

시선을 받은 가온은 하나하나 눈길을 맞춘 후 이야기를 꺼냈다.

— 너희들은 모르고 있었겠지만 사실 이번 작전이 우리가 수행할 마지막 작전이었다. 끝나고 나면 보상과 함께 각자의 생활로 돌아갈 예정이었지.

— 센터에서도 허락한 일인가요?

— 그렇다.

'이런 일은 처음인데……'

알파팀원들을 개인적으로는 절대 모을 수 없는 것이 센터의 규정이었다.

누구보다 센터의 규정을 준수하는 대장이 사사로이 팀원들을 모이라고 한 것에 궁금증이 일지 않을 수 없었다.

— 그러면 대장이 규정대로 각자의 생활로 복귀하면 그만일 텐데 왜 모이라고 한 거죠?

— 작전의 성공 여부를 떠나서 처음이자 마지막으로 본래의 얼굴로 만나고 싶다고 했다. 하지만 이건 강요는 아니다. 센터의 규정상 이름은 서로의 마주할 때는 이 고글을 써야하니 말이다.

— 규정을 어기고 팀원들이 서로 얼굴을 마주할 필요가 있다고 대장이 판단한 건가요?

— 그래, 대장 말로는 너희들의 미래와 관련이 있을 것 같다고 했다.

— 누구보다 우리의 신원을 철저히 보호하는 대장이 그런 말을 했다면 그럴 이유가 있을 테니 난 찬성이에요.

— 나도 찬성!

오름이 찬성하자 곧바로 누리가 찬성을 했고, 나머지 팀원들도 연이어 찬성을 했다.

성찬의 정식 호칭은 알파팀의 팀장임에도 누구보다 믿고 있었기에 대장이라고 부르고 있었다.

작전을 수행하는 동안 수도 없는 위험을 회피할 수 있었던 것이 그들이 대장이라 부르는 팀장 덕분이었고, 자신들이 알고 있는 대장이라면 분명히 이유가 있을 것이기에 찬성을 한 것이다.

─ 모두들 찬성을 했으니 정확히 6개월 후, 지난 번 작전을 마치고 헤어진 곳에서 만나기로 한다.

　─ 그 암자가 약속 장소에요?

　─ 그렇다. 잊지 말도록.

　─ 알았어요.

오름의 대답을 따라 모두 고개를 끄덕였다.

　─ 대장이 남긴 말을 전했으니, 그럼 지금부터 B플랜에 대해서 설명을 하겠다.

가온은 사촌 동생이자 알파의 팀장이 남긴 작전 내용을 팀원들에게 설명하기 시작했다.

　─ 너희들도 좌석 옆에 보면 포켓에 팔찌가 하나씩 있을 것이다. 뒷목 피부 아래에 삽입된 통신 시스템을 망가트릴 수도 있으니 조심해서 착용하도록 해라.

시스템을 망가트릴 수 있다는 소리에 팔찌가 마법으로 작동하는 아이템임을 짐작하면서도 팀원들은 군말 없이 팔찌를 착용했다.

　─ 착용했으면 의지를 일으켜 통신 시스템과 연동을 시킨다고 생각을 해라. 의식과 연결되는 것이라서 약간 어지러울 테지만 믿고 시행하면 된다.

'의지를 일으켜 연동을 한다고 생각하면 된다는 거지?'

오름은 가온의 말대로 팔찌와 통신 장비와 연동된다고 생각을 했다.

지이잉—!

가온의 말대로 갑자기 이명이 들리며 머리가 약간 어지러워졌다.

— 등록된 개인 정보를 임의대로 바꾼다고 생각을 해 봐라.

— 무, 무슨 소립니까?

7클래스에 이르는 마법사의 도움으로 만든 통신 장비는 식별 시스템이 내재되어 있는데 정보를 바꿀 수 있다는 말에 오름이 놀라 물었다.

— 가능하니 한 번 해봐라.

— 아, 알겠습니다.

자신만이 볼 수 있도록 설정이 된 개인정보에 새겨진 이름을 다른 것으로 바꾸려고 생각을 하자 거짓말처럼 이름이 바뀌어 있었다.

— 어, 어떻게?

— 이게 정말 가능다니…….

말을 잊지 못하는 오름을 대신해 누리가 물었다.

— 지금 변화된 정보들은 어떤 스캔 장치로도 가짜라는 것을 밝혀낼 수 없는 것이다.

— 지금 바뀐 정보가 진짜로 인식이 된다는 겁니까?

— 그렇다.

— 그, 그럴 수가!!

가온이 말한 의미가 어떤 것인지 알기에 다들 놀라고 있었다.

차원 통제사

― 맞다. 너희들이 어떤 신분을 지녔는지는 모르지만, 이제부터 너희들은 자유를 되찾은 것이다.

― 이것도 대장이 마련한 건가요?

― 그래.

― 진짜로 인식이 된다고 하지만 확실한 건가요?

― 확실하다. 작동 원리는 모르지만 내가 개인 정보를 바꾸고 시험해 본 결과, 정부 쪽 스캔 장치들은 전부 진짜로 인식을 했었다.

― 정말 대장은…….

진성능력자가 아니면서 7클래스 급의 마법을 속일 정도라니 누리로서는 대장의 정체가 궁금하지 않을 수 없었다.

― 우리는 본토로 귀환한 후 정부 부처를 감시한다.

― 정부 부처요?

― 대장이 파악한 바로는 센터에 입김이 닿고 있는 인사가 정부 쪽인 것 같다.

― 직접이든 아니면 해킹을 했든 센터에 접근한 자가 누구인지 알아내는 거군요?

― 맞다. 신분을 마음대로 세탁할 수 있으니 작전을 펼치는 데 문제가 없을 것이다.

― 하지만 그 정도로 될까요?

― 대장이 이야기한 B플랜은 거기까지다. 나머지는 대장이 해결할 거다. 하지만 대장의 말로는 너희들의 움직임이 가장 중

요하다고 한다.

— 대충 짐작이 가네요. 이번 B플랜은 대장이 독자적으로 시행하는 것이 아니군요?

— 맞다.

— 그다지 어려운 작전은 아니지만 최선을 다해 밑바닥까지 훑어보도록 할게요.

— 그리고 이번 작전에서는 토탈 성형을 하도록 한다.

— 가면을 뒤집어쓰라는 소리에요?

토탈 성형은 사람의 피부와 또 같은 인조 피부를 뒤집어쓰는 것이다.

대부분의 신원을 스킬 패널로 하니 큰 문제가 없지만 불편한 것이 사실이었기에 누리가 물었다.

— 그래. 너희들의 얼굴이 남겨지는 것도 그렇지만, 두 사람이 한 조로 움직여야 하니 그렇다.

— 알았어요. 6개월 후에 만나기 전까지는 서로의 진면목을 보이지 말라는 거죠?

— 그래, 모두가 만약을 위해서다.

— 알았어요.

— 앞으로 30분 후 대한민국 영공으로 들어선다. 무작위로 내려 줄 테니 내리면 된다.

— 어느 부처로 움직일지는 말 안 해 줘요?

— 대장과 연락이 닿으면 부처별로 움직일 조를 확정하고 해

당 내용은 각자의 통신 채널로 전송할 것이다.

— 알았어요.

아직 확정되지 않은 작전이지만 내용은 분명했다.

부처에 숨어서 센터를 잠식하려고 하는 제5열을 찾아내는 것이다.

센터의 정식 명칭은 차원 위기 대응 센터로, 때가 될 때까지 지구 대차원과 연결이 된 세 개의 대차원 이외에 다른 대차원과의 접속점을 찾아내고, 폐쇄하는 것이다.

센터가 하는 일은 간단해 보이지만, 그 여파는 결코 간단하지가 않다.

지구와 연결된 쌍둥이 대차원들은 인과율로 인해 문제가 없지만, 다른 대차원과의 연결이 된다면 심각한 문제가 발생한다.

에너지 기반이 안정을 찾는다고 해도 아직 새로운 대차원으로 나갈 준비가 되지 않은 상태이기에 지구 대차원에 살아가고 있는 인류가 멸종할 수도 있는 최악의 위기 상황을 야기할 수 있기 때문이다.

그동안 무수히 많은 연결점이 나타났지만 센터의 적절한 대응으로 게이트들을 폐쇄해 왔었다.

알아주지는 않지만 지구 대차원에 존재하는 종의 생존에 지대한 공헌을 해왔던 것이다.

그동안 정부와 거리를 두고 철저히 비밀에 가려진 조직으로 운영되었는데 누군가 잠식하려고 한다는 것은 정보가 유출되었다는 뜻이었다.

자연적으로 발생한 것이 대부분이지만 누군가 다른 대차원과 연결을 시도하고 있는 정황을 포착하고 있는 터라 팀원들의 마음이 무거워졌다.

팀원들이 각자 생각에 잠겨 있는 동안 가온은 팀장으로부터 들은 것들을 복기하고 있었다.

앞으로 어떻게 움직일지 계획을 짜기 위해서였다.

'최소한 한 달은 연락을 하지 못할 것이라고 했으니 팀원들이 잠입할 계획이나 세워 두자.'

대변혁이 일어나 정부가 획기적으로 바뀐 이후부터는 말단인 9급 공무원이라 할지라도 철저한 조사와 검증이 이뤄지고 난 후 임용되고 있었다.

공채 형식으로는 불가능하니 개방형 직위를 대상으로 우회해서 들어가야 하고, 부처 직원들의 정보를 검색할 수 있는 위치에 있어야 하기에 알파팀원들의 정부 부처 잠입은 결코 쉬운 일이 아니었다.

대략 잠입 계획을 짜 놓으니 비공정이 벌써 대한민국 영공에 들어서고 있었다.

— 지금부터 내리도록 한다.

— 앞으로 일주일 후 개략적인 잠입 루트를 전송할 테니 쉬면서 작업 준비를 하도록.

— 예!!

영공으로 들어서기 전에 투명화 시키고, 스텔스 기능을 가동한 터라 모습이 보이지 않는 것은 물론이고, 레이더에도 잡히지 않는 비공정이 수도권의 한곳에 도착해 상공에 머물렀다.

— 누리부터 내린다.

— 연락을 기다리겠습니다.

비공정의 해치가 열린 후 누리는 지체 없이 지상으로 자유낙하를 했다.

누리를 내리자마자 비공정은 또다시 움직이기 시작했고, 그렇게 7명의 팀원들을 모두 내려준 가온은 충청도 쪽으로 향했다.

"정말 오랜만이군."

아주 어렸을 때 아버지들에 의해 사촌 동생과 함께 수련을 하던 산세가 눈에 들어오자 가온은 감회에 젖었다.

"일단 비공정부터 감추자."

지금까지 나온 감지기들로부터 안전하다고는 하지만, 다른 세계로의 길이 열린 후 나날이 발전하는 기술로 인해 안심할 수 없는 상황이라 가온은 비공정을 감출 수 있는 안가로 향했다.

천천히 내려가기 시작한 비공정은 산 밑에 외따로 떨어져 있는 커다란 건물 앞마당에 안착했다.

3,000제곱미터에 달하는 대지 위에 지어진 이 창고 건물은 오래 전에 아버지들이 건축한 것으로, 농가 소득을 올리기 위한 특용작물을 보관하는 곳이었다.

땅 위에서 1미터 정도 부유하는 비공정은 천천히 창고로 향했는데, 자동차 차고처럼 한 쪽 벽이 열렸다.

이중으로 되어 있는 창고에 비공정을 수납한 가온은 해치를 열고 내려와 한쪽 구석에 있는 슬라이드 캐비닛을 열고는 전투 슈트를 벗어 집어넣고 일상복으로 갈아입었다.

"이제부터 연락이 올 때까지 한동안 기다려야 하는 건가? 후우, 걱정이로군."

연락이 오기는 했지만 조금은 우려되는 상황이다.

센터 내에 제5열이 존재하고, 정부 내에 센터를 장악하려는 존재가 있을 것을 봤을 때 쉽지 않은 작전이 될 것이 분명했다.

더군다나 6개월로 작전 기간을 잡은 것으로 볼 때 팀장이 부상을 입은 것이 분명하기에 안위도 걱정스러웠다.

다른 팀원들과는 다르게 팀장은 자신과 피로 이어진 사람이었기 때문이다.

"일단 스님부터 만나보자."

차원 위기 대응 센터에 들어가 알파팀에서 작전을 수행하는 요원이 될 수 있었던 이면에는 스님의 영향이 컸다.

지금의 센터장과 스님은 사형제 지간으로, 자신과 사촌 동생의 스승이라고 할 수 있는 분이었기에 어느 정도 조언을 구할 수 있을 터였다.

센터 내에 이상이 있다는 것은 이미 1년 전부터 느끼고 있었다.

1년 전 보길도에 나타난 게이트 폐쇄 작전 수행 시 누군가 지켜보고 있는 것 같은 느낌이 든 후부터 묘하게 작전 로드맵이 변질되어가고 있었으니 말이다.

게이트 대응팀 알파는 진성능력자 이외에도 전투 슈트를 통해 능력을 사용하게 된 1차 각성자가 반수 이상이라 국내를 대상으로 꾸며진 팀이다.

그런데 보길도 이후 국외에서의 작전에 대한 논의가 이어지기 시작하더니 6개월 전에 첫 대상지로 중국을 구체화되었고 나는 나름대로 준비를 했다.

사실 나 혼자 만의 준비는 아니었다.

내가 마음속의 스승님으로 여기는 스님의 사제이신 센터장께서도 이상을 알아차리고 있었기에 그분과 함께 나름 충실한 준비를 할 수 있었다.

3개월 전, 몽골 반군의 지원을 위한 임무에 내가 파견을 나간 것도 이번 작전과 같은 상황을 상정한 준비 과정의 일환이었다.

몽골 반군을 지원하며 만약의 경우를 대비해 러시아 쪽과 몽골 쪽에 팀원들의 탈출 경로를 준비해 두었던 것이다.

내가 유인을 했으니 형은 러시아 쪽으로 통해 손쉽게 국내로 복귀해 다음 일을 준비하고 있을 테니, 나는 다른 한 곳을 들러 살펴본 후 중국 내로 잠입할 생각이다.

얼굴을 파악한 놈들을 단서로 중국과 연결된 한국 정부의 제5열을 찾을 수 있을지 모르겠지만, 어째서 미지의 대차원과 연결되는 게이트를 열려고 하는지를 파악하기 위해서다.

'국내에서 알파팀이 폐쇄됐던 게이트들도 누군가의 손길이 닿았던 흔적이 있었다. 센터의 변화도 그렇고, 처음으로 편 중국 내의 작전에서 진성능력자들이 기다리고 있었던 것을 감안해 보면 틀림없이 중국 정부가 관련되어 있는 일이다. 쉽지는 않겠지만 어째서 미지의 대차원과 연결을 시도하는지 반드시 알아내야 한다.'

전면전을 벌인 적도 있고, 능력자들 전력 면에서 따지면 강대국에 속하는 한국이다.

큰 문제가 발생할 것을 알면서도 개입하고 있는 보면 분명히 타당한 이유가 있을 것이기에 대응 전략을 짜기 위해서라도 알아야 할 필요가 있었다.

고심을 하는 사이 내가 머물고 있는 곳에 뭉흐체첵이 들어왔다.

툭!

발밑으로 커다란 행낭 하나가 떨어졌다.

"전에 맡겨 두었던 것이다."

"고맙다."

"살펴보지 않아도 되나?"

"초원의 용사에게 실례가 되는 짓을 할 수는 없지."

하나라도 빠져 있으면 스킨 패널과 연동해 이상이 체크되니 살펴보지 않아도 알 수 있다.

괜히 마음을 상하게 할 필요는 없었다.

"우리는 곧바로 떠나야 하는데 어떻게 할 생각이냐?"

"이것으로 약속을 지켰으니, 나를 두고 그냥 가면 된다."

"중국의 진성능력자들이 몽골로 입국할 것 같다는 정보가 있다."

"나도 나름대로 준비를 해두었으니 걱정하지 않아도 된다."

"휴우, 그렇게 장담을 하니 어쩔 수 없군. 우리도 처지가 어려우니 이만 떠나겠다."

"다음에 보도록 하지."

"나도 그랬으면 좋겠다."

나를 염려하는 말을 남기고 뭉흐체첵이 바깥으로 나갔다.

나를 자신들의 근거지로 데려 온 뭉흐체첵은 따로 부탁한 것을 보관하고 있다가 고스란히 나에게 전했기에 확실히 약속을 지켰다.

근거지를 옮기는 반군들의 안전을 위해서라도 떠나야 하기에 뭉흐체첵이 준 행낭을 열었다.

'역시, 다 있군.'

행낭 안에는 새로운 전투 슈트가 부품으로 분리된 채 들어 있다.

부품들은 개별적으로는 절대 사용할 수 없게 되어 있고, 내가 지니고 있는 마스터키가 있어야만 합체되어 가동할 수 있었다.

'여기 들어 있는 것만 있으면 바로 움직이는데 큰 문제가 없을 테니 나도 떠나자. 나를 쫓던 진성능력자가 사라졌으니 중국 쪽

에서 급하게 움직이고 있을 테지만 그래도 시간이 있겠지…….'

예전 같았으면 중국의 진성능력자들이 몽골 정부를 무시하고 곧바로 국경을 넘었을 테지만 지금은 아니다.

친 중국 성향을 가지고 있는 몽골 정부지만 진성능력자가 협의도 구하지 않고 국경을 넘는 것은 전면전을 도발하는 것이나 마찬가지인 상황이기에 반드시 양해를 구해야 한다.

비록 중국보다 기존 군사력은 떨어지지만 비대칭 전력인 진성능력자의 수준은 결코 떨어지지 않는 몽골이니 말이다.

'그래봐야 하루를 넘기지 않을 테니 곧장 이동하자.'

중국이 몽골 정부의 양해를 구하는 시간은 하루도 길게 본 것이다.

전투 슈트의 마스터키가 인식되어 있었기에 곧바로 스킨 패널을 열었다.

— 마스터키 인식! 채널 확보! 테라나인 온!!

아홉 개의 부품으로 이루어진 전투 슈트 테라나인이 마스터키로 인식되고 채널이 확보되자 행낭 안에서 저절로 떠올랐다.

차차차차차차차차차착!

사지와 2단으로 이루어진 흉갑, 그리고 세 개로 분할되어 있는 투구가 내 몸에 달라붙기 시작했다.

새로 입은 전투 슈트의 기능은 기존의 것과는 완전히 다르지만 모습은 전과 다를 바가 없다.

'이 정도면 기존의 전투 슈트를 몽골 반군에게 지원해 준 것

도 무리가 아니었군.'

기존에 입고 있던 전투 슈트는 설계도와 함께 뭉흐체첵에게 주었다.

중국을 견제할 목적으로 몽골 반군에게 인도할 전략물자였기 때문이다.

지금까지 세계 각국에서 생산된 전투 슈트 중 수위를 차지할 정도의 성능을 자랑하는 것인데도 과감하게 인도를 한 것에 의아했는데, 새로운 전투 슈트를 입어보니 이유를 알 수 있었다.

기존 전투 슈트는 상급 마나석을 장착에 에너지를 사용하는 방식이었지만 지금 입고 있는 것은 차원이 달랐다.

보이지는 않지만 세 곳에 마나 엔진이 달려 있었고, 아홉 곳에는 마나 코어가 장착되어 있다.

마나 엔진 하나에 코어 하나가 연동되어 에너지를 공급하고, 다 떨어지면 다른 코어들이 순차적으로 마나 엔진에 에너지를 공급하도록 되어 있었다.

그렇게 마나 엔진이 세 번째 코어의 에너지를 다 쓰게 되면 첫 번째 사용되었던 코어가 완충되고도 남는다.

에너지가 거의 끊이지 않고 공급되어 전투 슈트를 사용할 수 있기에 정말 획기적이라고 할 수 있다.

'프로토 타입이라 신뢰도에 문제가 있기는 하지만 이 정도면 정말 굉장한 전투 슈트다. 설계된 것의 반만 작동을 해준다고 해도 여명의 뜨락은 틀림없이 성공한다.'

센터장과 자신만 알고 있는 이번 작전의 이름이 여명의 뜨락이다.

해가 뜨게 되면 모든 어둠이 사라진다는 뜻에서 지은 작전명이다.

새로운 전투 슈트의 확보로 작전의 성공 확률이 높아지고 있었다.

'일단 몸을 회복하는 것이 먼저다.'

— 응급 의료 시스템 가동!

근육이 많이 파열된 상태라 빠른 회복을 위해 마나 엔진을 돌렸다.

전투 슈트에서 솟아난 작은 돌기들이 피부를 따라 파고드는 것이 느껴지며 에너지가 몸 안으로 들어오기 시작했다.

'빠르게 회복되는 것을 봐서는 힐 마법을 연동시킨 것이구나.'

순조롭게 상처가 회복되고 있지만 포션을 주입하는 것은 아니었다.

슈트 안에는 자체적인 저장 공간이 없기에 힐 마법을 이용해 착용자의 회복을 돕는 것이 분명했다.

그렇게 5분 정도가 지나자 어느 움직일 만해졌다.

'나가기 전에 놈들에게 줄 선물을 좀 준비해야겠군.'

중국 쪽에서 동원한 진성능력자라면 이곳을 찾아내는 것이 그리 어렵지는 않을 것이 분명했기에 놈들에게 줄 선물을 준비하기로 했다.

놈들에게 피해를 입히면 입힐수록 나나 뭉흐체첵에게는 좋은 일이기에 머물고 있는 토굴에 부비트랩을 장착하고 밖으로 나왔다.

'일단 시베리아 쪽에 들러 확인을 한 후에 중국으로 들어가자.'

대한민국과의 전면전에서 패한 중국과 러시아는 예전과는 다르게 무척이나 긴밀해진 탓에 러시아 국적이라면 중국 내로 잠입하는 것이 쉬울 터였다.

중국에서 활동을 위해서는 신분을 세탁해야 하는데, 아직은 정국이 불안정한 러시아에서 하는 것이 나으니 말이다.

신분을 세탁하기 위해 시베리아로 가야했기에 곧장 북서쪽으로 이동을 했다.

아직 완전히 회복이 된 것은 아니지만 가는 동안 충분히 본래 상태로 되돌아 갈 것이기에 서둘러 움직였다.

더 빠르게 움직일 수도 있지만 흔적을 지워야 했기에 최대 시속이 20킬로미터밖에 되지 않았다.

휘이이잉!

그렇게 하루를 움직이자, 이번 작전에 투입되기 전에 알아본 대로 거센 모래바람이 서쪽에서 동쪽으로 불어오는 것이 느껴졌다.

'앞으로 나흘 정도는 계속해서 바람이 불 테니 최대한 빨리 움직이자.'

파파팟!!

날이 어두워진데다 모래바람이 불어서 애써 흔적을 지우지 않아도 되기에 빠르게 속도를 높였다.

파파파팟!

기존의 전투 슈트보다 빠르게 가속이 되어 버려서 처음에는 조금 비틀거렸지만 이내 안정을 되찾았다.

'으음, 정말 놀랍군.'

어느 정도 적응이 되자 놀랍게도 시속 500킬로미터에 가까운 속도를 낼 수 있었다.

대기와의 마찰을 줄이기 위해 배리어를 쳤는데도 불구하고 속도가 하나도 줄지 않는다.

더군다나 에너지를 안정적으로 유지하면서 이런 속도를 내다니 정말 미친 물건이다.

'이 정도 속도면 예상한 것보다 시간이 많이 남기도 하고, 바로 근처이니 이번 기회에 그곳도 한 번 둘러보자.'

시간을 단축할 수 있기에 전부터 확인해 보고 싶었던 곳이 생각이 났다.

센터장의 말을 듣고 언제 시간을 내서 한 번 찾아봐야겠다고 마음을 먹었던 곳이다.

파파파팟!

에너지에 대한 걱정이 사라졌기에 잠도 자지 않고 정말 쉬지 않고 달려서 불과 이틀 만에 센터장이 말해 주었던 곳 가까이 도착할 수 있었다.

　'후우, 이건 프로토 타입이 아니라 완성형이라고 해도 믿을 수 있겠다.'

　달리면서 여러 가지 기능을 가동시켜 봤는데 이상 없이 정상적으로 작동을 했다.

　전투 슈트의 내구도를 측정할 겸 해서 48시간을 쉬지 않고 달렸는데도 별다른 이상이 없는 것을 보면 이미 완성형에 가까웠다.

　전투 기능을 확인하지는 못했지만 지금 이 정도만으로도 기존의 전투 슈트를 뛰어넘었다.

　'으음, 저긴가?'

　목적지에 가까워 졌기에 속도를 줄이며 천천히 움직였다.

　'이제부터는 절대 흔적을 남기지 말아야 한다.'

　침엽수림 안으로 들어가야 하는 터라 흔적을 남기지 않기 위해 비공정에 적용된 반중력 장치와 비슷한 공중 부유 기능을 작동시켰다.

　전투 슈트에 적용된 공중 부유 기능은 플라이 마법을 사용한 것으로, 수림 위쪽으로 떠올라 한 시간 동안 헤집은 결과 목적한 곳을 찾을 수 있었다.

　'으음, 맞는 것 같군. 아주 오래 전에 어마어마한 폭발이 있었다고 하더니…….'

　내가 도착한 곳에서 아주 오래 전에 거대한 폭발이 있었다고 들었는데 침엽수림이 늘어선 밑으로 엄청난 양의 나무들이 쓰러져 있는 것을 보니 제대로 찾아 온 것 같다.

'센터장님이 한 번 가보라고 해서 일단 오기는 했지만 모르겠군. 나보고 왜 이곳에 가보라고 한 걸까?'

분명히 이유가 있었기에 심연의 심안을 최대한 펼치기 위해 전투 슈트에서 에너지를 끌어왔다.

'으음.'

대폭발 여파가 미친 지역을 한눈에 인식할 수 있었다.

폭발로 인한 크레이터는 보이지 않았지만 중심부를 확인하는 것은 어렵지 않았다.

'흔적은 많이 사라졌지만 나무들이 쓰러져 있는 형태를 보면 저곳이 폭발의 중심이다.'

나무의 쓰러진 방향을 봐서도 그렇지만 에너지가 가장 심하게 흔들리는 곳이 중심일 것 같아 그곳으로 향했다.

'뭐지?'

중심부 가까이 들어가자 이상한 것이 느껴졌다.

'특이한 에너지다.'

아주 미약하지만 종류를 알 수 없는 에너지의 유동이 중심부에서 일어나고 있었다.

'으음, 아홉 개의 서로 다른 에너지가 이합집산을 계속하며 변화하고 있다니. 정말 놀라운 일이군.'

지금 세상에 흐르는 에너지와 비슷하지만 완전히 다른 형태의 에너지다.

심연의 심안이 아니면 분간할 수 없을 정도로 비슷해 무척이나 놀랍다.

더군다나 미지의 에너지들이 서로 융합되었다가 이내 분할되는 등 계속해서 움직이는 것이 무척이나 경이로웠다.

'어디! 아……'

에너지를 직접적으로 느끼며 심연의 심안을 끌어 올리자 정신이 아득해졌다.

❖　　　❖　　　❖

성찬이 쓰러지자 이합집산을 하던 에너지들이 갑자기 변화하기 시작했다.

이합진산을 하던 에너지들이 갑자기 융합 활동을 멈추고는 천천히 증폭되면서 조금 전과 달리 세상에 흐르는 에너지와는 다른, 확실한 이질감을 내비치기 시작했다.

변화는 그뿐만이 아니었다.

에너지들이 완전히 분할되더니 이내 아홉으로 나뉘었다.

무지개와 같은 색의 빛으로 자신의 존재감을 과시하는 것들과 적외선과 자외선처럼 인간의 눈으로 보이지 않는 두 개의 빛으로 바뀌었다.

스르르르.

빛으로 변해 버린 에너지들이 천천히 성찬의 곁으로 몰려들었다.

보이지 않는 두 개의 빛은 전신으로 스며들었고, 나머지 일곱 가지 빛들은 정수리와 발바닥을 비롯해 차크라라 불리는 곳들로 스며들었다.

변화는 성찬의 몸에서만 일어난 것이 아니었다.

빛으로 화한 에너지들이 스며드는 것과 동시에 하늘에서 오로라가 피어올랐다.

밤하늘의 모든 별들이 오묘한 빛을 내는 오로라로 인해 가려졌다.

그렇게 온 하늘을 감싸더니 이내 지상으로 내려진 빛의 휘장이 성찬의 몸을 삼켜 버렸다.

우—우우우웅!

콰—앙!!

그렇게 얼마 있지 않아 강렬한 폭발음과 함께 거대한 에너지 파동이 성찬이 사라진 곳으로부터 퍼져 나갔다.

쏴아아아—!

에너지 파동으로 인해 영향을 받은 듯 지상과 하늘을 감싸고 있던 오로라도 흩어지듯 밖으로 퍼져 나갔다.

하지만 이내 퍼져 나온 파동과 하나로 합쳐지더니 곧바로 한 점으로 모여들었다.

그리고 그곳에는 전투 슈트로 전신을 감싼 성찬이 누워 있었다.

◈   ◈   ◈

"으음……."
내가 낸 신음소리에 놀라 눈이 떠졌다.
'이런!'
정신을 차림과 동시에 벌떡 일어났다.
'도대체 무슨 일이 있었던 거지?'
정신을 잃기 전에 보았던 에너지의 흐름은 온데간데없고, 그
저 우거진 삼림 속일 뿐이다.
'분명히 무슨 일이 일어난 것 같은데…….'
에너지의 변화를 볼 때 정신을 잃고 있는 동안 뭔가 일이 있
었음을 깨달을 수 있었다.
'이곳에 도착하고 내가 정신을 잃었을 때 일어났던 일들을
재생시켜봐야겠다.'
새로운 전투 슈트에는 영상 정보 장치가 부착되어 있기에 곧
바로 가동시켰다.
— 영상 정보 재생! 시점은 현재 좌표 도착 시점부터.
도착한 순간부터 재생이 시작되었다.
재생되는 속도를 조금 빠르게 올리자 정신을 잃기 시작한 때
가 나왔다.

'으음.'

쓰러지면서 시야가 땅으로 향하고 있어서 완벽하게 녹화가 되지는 않았지만 변화가 일어나고 있다는 것만은 확인할 수 있었다.

'다양한 색깔의 빛들이 보이는 것을 보면 뭔가 확실히 변화가 있었군. 도대체 무슨 일이 일어난 것인지는 모르지만 빨리 이곳을 벗어나야 한다.'

에너지의 변화가 일어났다면 러시아에서 곧바로 움직일 것이 분명하기에 최대한 빨리 자리를 뜨는 것이 좋았다.

러시아에서 띄운 인공위성이 지나갈 시간이라 어쩔 수 없는 선택이었다.

'흔적을 남기지 말아야 한다.'

여섯 개의 코어가 바닥을 드러냈었는데도 불구하고 어느 사이인가 전부 완충되어 있었다.

곧바로 전투 슈트에 장착된 부유 기능을 가동하고 허공으로 올라가 세 개의 마나 엔진을 풀로 가동했다.

쒜—애애액!

세 개의 마나 엔진이 풀로 가동되자 엄청난 속도를 냈다.

'거의 전투기에 육박하는 속도로군.'

디스플레이에 비춰지는 에너지 게이지가 빠르게 줄어들고 있기는 하지만 정말 놀라운 속도였다.

'이 정도면 대충 벗어났을 것이다.'

인공위성의 경로에서 어느 정도 벗어난 시점에서 속도를 줄이고 암석지대가 펼쳐져 있는 지상으로 내려갔다.

'멀지 않았다.'

몽골에 파견을 나갔을 때 탈출 경로를 잡고자 사전에 답사를 끝낸 곳이다.

이곳에서 조금만 더 가면 비트로 사용하고 있는 동굴이 하나 있고, 러시아에서 활동하기 위해 필요한 것들이 다 구비되어 있다.

동굴을 비트로 택한 것은 거대한 바위들이 빼곡하고 대부분 비슷한 모양새라 찾기 힘들어서다.

더군다나 인공위성으로부터도 안전하기에 빠르게 동굴을 찾아 숨어들었다.

"이제 이곳에서부터 시작하는 건가?"

누군가의 입김이 닿고 있다는 것을 알고 있던 센터장은 대응 센터를 일신하고 싶어 했지만, 나는 다르다.

다른 곳이라면 몰라도 철저히 비밀에 가려져 있어야 할 센터가 세상에 드러난 이상 폐쇄하는 것이 여러모로 좋다고 생각한다.

이제부터 그것을 위한 준비를 시작할 때다.

"일단은 준비한 것부터 챙기자."

어둡지만 전투 슈트에서 나오는 불빛이 있었기에 동굴 안에 있는 목적지까지 들어가는 데는 문제가 없었다.

갈라지는 통로가 나올 때마다 한 번은 제일 왼쪽, 한 번은 제일 오른쪽으로 들어갔다.

이 동굴은 미로처럼 되어 있는 곳이라 여러 갈래의 통로가 있고, 그냥 무심코 지나친다면 알 수 없는 통로들도 꽤나 여러 곳이어서 무언가 감추기에는 안성맞춤인 곳이다.

이동 패턴을 반복해 가며 동굴을 지나쳐 목적하고 있는 동굴 광장에 도착할 수 있었다.

'별다른 이상은 없는 것 같군.'

이 동굴 광장에는 사람의 감각을 속이는 인식 차단 장치가 가동되고 있었다.

훼손된 흔적이 없는 것을 보면 누군가 찾아낸 적은 없는 것 같다.

왼쪽 면을 따라 동굴 벽을 짚으며 걷다가 돌출 부위가 나오기에 방향을 직각으로 틀었다.

그렇게 스무 걸음을 직선으로 걸은 후에 바닥을 살폈다.

암석 속에서 마치 금맥처럼 희미하게 보이는 금빛을 확인할 수 있었다.

— 열려라.

스킨 패널이 삽입되어 있는 양손을 바닥에 가져다대고 명령을 내렸다.

티티티티티티틱!

작은 소음과 함께 인식 차단 장치가 꺼지고 동굴 광장의 진짜 모습이 드러났다.

광장의 중심부를 가로지르는 지름이 20미터도 넘는 거대한 종유석이 보였다.

종유석의 윗부분은 마치 우산이나 버섯처럼 갓의 형태로 생성되어 있었는데, 끝에서 떨어져 내린 낙수로 인해 생성된 종유석들로 인해서 거대한 새장을 보는 것 같았다.

허벅지만 한 굵기의 종유석들은 빛이 그리 많지 않음에도 흰색의 광채를 발하고 있어서 자못 신비로운 분위기를 연출했다.

그르르르르!

가까이 다가가자 창살 같은 종유석들이 진동하며 떨었다.

'자아를 갖지는 못했지만 종유석의 중심부에 박아 넣은 코어가 제대로 작동을 하는 모양이군.'

거대한 종유석을 중심에는 복합적인 마법진이 새겨진 코어가 들어 있다.

본래부터 있던 것은 아니고 일전에 이곳을 찾아낸 후에 내가 집어넣은 것이다.

그동안 지기를 흡수하면서 내가 원하던 대로 에너지를 흡수해 놓고 있다가 인식 차단 장치가 해제되자마자 가동을 시작한 모양이다.

종유석에 양손을 얹고 스킨 패널을 활용해 내부에 새겨진 마법진을 가동시켰다.

투드드드득!

마법진이 가동되기 무섭게 종유석들이 옆으로 휘며 사이를 넓혔다.

안으로 들어간 후에 안쪽에 장착되어 있는 두 번째 인식 차단 장치를 해제시켰다.

첫 번째가 파괴되었을 대비한 장치였다.

인식 차단 장치가 해제되자 맥주를 담는 오크 통처럼 새긴 금속 물체들이 중심의 종유석을 빙 둘러서 바닥에 놓여 있는 모습을 확인할 수 있었다.

'이상 없군.'

바닥에 놓여 있는 금속체들은 중앙의 종유석을 골렘으로 만들기 위해 내가 가져다 놓은 에너지 탱크들이다.

'전에 한번 뽑아내고 지속적으로 골렘에 에너지를 공급을 해서 그런지 아직도 포화도가 낮군.'

이것들은 일종의 충전지였는데 종유석에 지속적으로 에너지를 주입하며 지기를 이용해 에너지를 채우고 있는 중이다.

발산되는 에너지가 없는 것으로 봐서는 골렘을 형성하는 코어와는 달리 에너지가 완충되지 않은 것이 분명했다.

골렘의 코어가 제대로 작동하고 있다는 증거다.

'이대로 두어도 큰 문제가 없을 것 같으니. 일단 골렘에게 내 존재를 인식시키자.'

골렘의 본체를 이루는 중앙의 종유석으로 다가가 겉을 양손으로 쓰다듬었다.

손등에 삽입된 스킨 패널과 반응한 때문인지 표면에 마법진이 연이어 나타나기 시작하더니 어느새 종유석 표면을 덮어버렸다.

— 마스터키 인식! 채널 확보! 테라나인 온! 접속 시작!

스킨 패널을 통해 전투 슈트를 연동시킨 후에 내 의식을 골렘의 코어에 투영시켰다.

본래는 2차 각성을 한 진성능력자만이 가능한 일이지만, 이 신형 전투 슈트가 있어 골렘의 자아를 형성하는 것이 가능하다.

— 마, 마. 스. 터.

의식의 투영을 마치자 어눌해 보이는 골렘의 의지가 들려왔다.

— 지금부터 자가 학습을 시작한다. 데이터는 곧바로 링크를 할 테니 학습 프로그램에 맞춰서 진행해라.

— 아, 알. 겠. 습. 니. 다.

— 데이터 링크를 시작한다. 데이터 개방!

아홉 개의 탱크들은 에너지만 모아 골렘에게 공급하는 것이 아니다.

이들은 그 자체로 일종의 데이터 센터 역할을 하는데, 지금까지 수집해 온 세상에 대한 정보들이 담겨 있어서 골렘이 학습하는 데는 지장이 없을 터였다.

골렘이 학습을 시작하는 것을 확인한 후 손을 뗐다.

"다행이 잘 끝난 것 같구나."

지금 자아를 생성한 저놈은 일반적인 골렘과는 완전히 다른 종류다.

지금 한참 연구되고 있는 인공지능과 비슷한 면이 많은데, 아티팩트 중에 에고를 가지고 있는 것들에서 모티브를 따와 개발된 것이라 앞으로가 더욱 기대되는 녀석이다.

골렘이 학습하는 것을 지켜보다 앞으로 활동에 필요한 것들을 위해 인식 차단 장치를 켠 후 휘어진 종유석 사이를 빠져 나왔다.

내가 빠져나오자마자 본래의 모습으로 돌아가는 것을 본 후 곧바로 이중으로 된 인식 차단 장치를 다시 가동시켰다.

— 다음에 또 보자.

— 안녕히 가십시오, 마스터.

'빠르군.'

얼마나 학습했다고 그새 어눌했던 말투가 사라져 있었기에 기분 좋게 다음 곳으로 갈 수 있었다.

동굴 광장을 나선 후 다른 통로를 통해 물자들을 보관해 놓은 곳으로 갔다.

러시아에서 움직이기 위해 필요한 것들이 보관된 곳이었는데, 이번에는 오른쪽부터 시작해 번갈아가며 갈라진 통로로 이동했다.

그러고는 통로를 따라 걸으며 분기점에 이를 때까지 침입자를 방지하기 위해 예전에 설치해 두었던 부비트랩들을 작동시켰다.

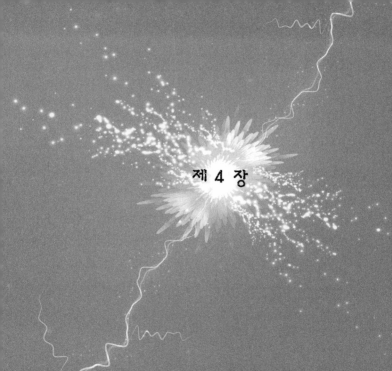

제 4 장

얼마 지나지 않아 골렘이 있던 곳과 비슷한 동굴 광장이 나타났다.

'이런 곳을 찾은 것은 정말 행운이었다.'

사실 이곳을 발견할 수 있었던 것은 아버지 덕분이다.

엔지니어였던 아버지는 러시아에서 대학을 다녔다.

러시아 유학 시절 아버지는 방학이 되면 오래전에 있었던 대폭발의 흔적을 찾기 위한 여행을 떠났었는데, 그때 발견한 곳이 바로 이곳이다.

내가 중학교를 졸업할 무렵에 이곳에 대한 이야기를 들을 수 있었고, 팀원들의 탈출 루트를 설계하며 답사를 통해 찾을 수 있었다.

내가 이곳을 거점으로 선택한 것에는 이유가 있다.

첫 번째는 대폭발의 영향인지 지기와 같은 강력한 차원 에너지가 항상 머물고 있다는 것이었고, 두 번째는 그럼에도 불구하고 차원 에너지가 감지기에 전혀 걸리지 않는다는 것이다.

서둘러 동굴 광장에 설치해 놓은 인식 차단 장치를 해제시켰다.

전경이 드러난 후 커다란 카트리지가 잔뜩 쌓여 있는 모습이 보였다.

대형 트럭 반 정도의 크기를 가진 카트리지의 수는 모두 300개다.

'저것들을 이곳으로 가져 오느라고 고생을 좀 했지.'

카트리지 안에는 앞으로의 작전을 위해 필요한 물품뿐만 아니라, 유사시를 대비한 물품까지 모두 들어 있다.

저것들을 이곳까지 옮기는 데는 아공간 팩과 지금쯤 형이 사용하고 있을 비공정의 도움이 아주 컸다.

제일 앞쪽에 놓여 있는 카트리지를 열었다.

안에 마도 공학의 결정체 중 하나가 들어 있었고, 그와 함께 러시아에서 사용할 것들과 돈도 함께 들어 있었다.

먼저 필요한 것들이 들어 있는 가방을 챙긴 후 카트리지를 들어 그대로 쏟아 버렸다.

촤르르르르르르르!

마도 공학의 결정체라는 큐브들이 우르르 떨어져 내렸다.

정확히 3밀리미터의 정육면체를 형성하는 큐브가 나를 중심으로 수북이 쌓였다.

카트리지 안에 공간 왜곡을 걸지 않았다면 절대로 나올 수 없는 양이었다.

'차원 메탈의 수가 정확히 팔만사천 개라고 하셨던가?'

큐브는 아버지가 만드신 것으로, 차원 메탈이라는 이름이 붙어 있다.

— 채널 개방! 활성화!

스킨 패널의 채널을 열고 차원 메탈을 활성화시켰다.

사르르르르!

차원 메탈이 움직이며 다리부터 시작해 머리까지 내 전신을 몇 겹으로 감쌌다.

— 동기화! 카피!!

피피피피피피피피핏!

차원 메탈에서 아주 가느다란 촉수가 튀어나와 내가 입고 있는 전투 슈트에 달라붙었다.

전투 슈트에 접속이 된 큐브들이 이내 액체로 변하며 박아 넣은 촉수를 통해 안으로 들어오기 시작했다.

내가 지금 입고 있는 전투 슈트는 센터에서 지급받은 것이라 작전의 성공 여부를 떠나 무조건 반납해야 하는 것이다.

그럼에도 이렇게 하는 것은 차원 메탈이 마치 3D 프린터처럼 지금 입은 것을 그대로 카피해 새로운 전투 슈트를 만들어낼 수가 있기 때문이다.

차원 메탈에 둘러싸여 있어 보이지는 않지만 재생기 역할을 하는 카트리지 안에서는 지금 한창 테라나인과 같은 전투 슈트가 만들어지고 있는 중일 것이다.

잠시 뒤에 시야가 돌아오는 것을 느끼며 작업이 끝났음을 확인할 수 있었다.

'대충 카피가 끝났나 보군.'

예상한 대로 카트리지 안에는 부품으로 이루어진 전투 슈트가 놓여 있었다.

'이 전투 슈트를 끝으로 아버지가 센터에서 만드신 것들은 전부 회수했다.'

큰 아버지나 사촌 형은 모르고 있지만 아버지는 센터의 일에 관여하셨다.

마도 공학 엔지니어였기에 센터에서 사용하는 대부분의 아이템이나, 아티팩트의 개발에 관여하셨지만, 아버지의 혼신을 다해 만드신 것들은 딱 두 가지뿐이다.

모두 개인적인 연구를 통해 만든 것으로, 하나는 지금 형이 타고 있을 비공정이고 다른 하나는 바로 내가 입고 있는 전투 슈트다.

처음 만든 비공정은 개발 단계에서 실패한 것으로 결론을 내리고 폐기 처분한 척 위장해 빼돌린 탓에 회수하는 것이 쉬웠는데, 전투 슈트는 그럴 수가 없었다.

프로토 타입을 완성하는 순간, 센터장에게 들켜 버려 연구실로 옮겨졌는데 이제야 회수 할 수 있게 된 것이다.

차원 메탈은 사실 전투 슈트를 센터에서 회수하기 위해 아버지가 만든 것이다.

다른 기능도 몇 가지 있다고 들었지만 아티팩트를 카피하는 것이 주기능인 것도 바로 그 때문이다.

— 로그 해제!

'응! 뭐지?'

작업을 다 끝내고 전투 슈트를 벗으려고 하니 벗겨지지 않았다.

— 로그 해제!!

스킨 패널로 두 번을 시도를 해봤지만 여전히 전투 슈트가 벗겨지지 않았다.

'혹시 차원 메탈 때문에 고장이 난 건가?'

파츠츠츠츠!

프로토 타입이라 고장이 난 것일지도 모른다고 생각하는 찰나, 전투 슈트에 붉은 광채를 내뿜는 스파크가 튀었다.

그와 동시에 전신을 불로 지져 버리는 것 같은 고통이 찾아왔다.

"아아아아악!"

비명을 지르는 것 이외에는 내가 할 일이라고는 없었다.

"끄으윽!"

너무 고통스러워 비명을 지를 힘도 없어 신음만 삼켜야 할 정도 끔찍한 시간이었다.

이정도 고통이면 정신을 잃어도 모자랄 텐데 오히려 더욱 선명했다.

그리고 뭔가 달라지고 있다는 것을 느낄 수 있었다.

'아, 아프기는 하지만 고통의 강도가 점점 줄고 있다.'

붉은 스파크가 더욱 기세를 높이고 있음에도 이상하게 고통의 강도가 줄어들고 있었다.

그리고 어느 순간, 거짓말처럼 고통이 사라졌다.

'고통과 함께 전투 슈트도 사라졌다. 대폭발이 있었던 곳에서도 그렇고, 지금 이 붉은 스파크는 무엇이지?'

이곳으로 오기 전에 폭발이 일어났던 자리에서 이합집산을 하는 에너지를 보고 정신을 잃었다.

그 이후에 벌어진 일도 그렇고, 알 수 없는 붉은 스파크로 인해 황당한 경험을 한 것도 그렇고, 아무래도 지금 나에게 이상한 일이 일어나고 있는 것 같다.

'마치 2차 각성을 하는 것 같이 말이야.'

1차 각성은 누구나 하는 것이지만, 대변혁이 일어난 초기를 제외하고 2차 각성이 이렇게 이루어지는 경우는 없다.

2차 각성을 하기 위해서는 1차 각성을 통해 자신의 가진 본질의 의미를 새기고 활용할 수 있게 되어야한다.

차원★통제사

그렇게 2차 각성을 위한 최소한의 자격이 갖추어지고 난 뒤에 모종의 장소로 가야만 각성을 할 수가 있다.

　절대 있을 수 없는 일인데 마치 2차 각성을 하는 것 같아 이상한 일이 아닐 수 없었다.

　'일단 내 상태가 어떤 지부터 살피는 것이 우선이다.'

　정말로 2차 각성을 한 것인지 살펴보는 방법을 알고 있기에 아직도 전신에 흐르는 스파크가 잦아들기를 기다렸다.

　'이제 살펴보자.'

　이전 상태로 되돌아 온 것을 확인하며 전신을 살폈다.

　심연의 심안으로 신체가 이상이 없음을 확인하고 전투 슈트에 에너지를 주입하려고 해봤다.

　'안 되는군.'

　몇 번을 시도해 봤지만 내 스스로 에너지를 발산하지 못하고 전투 슈트에 있는 에너지를 끌어다가 사용할 수 있을 뿐이다.

　'어찌 되었건 존재의 의미를 더욱 확실히 알게 됐고, 활용도도 높아진 것 같으니 일단은 나쁘지 않은 상황이다. 아직 2차 각성자의 상징이라고 할 수 있는 에너지 파장을 내 스스로 만들어 낼 수는 없지만 그곳으로 가는데 큰 문제는 없을 것이다.'

　스스로 에너지를 발생시키려면 파동을 만들어야 하는데 미동도 없는 것을 보면 2차 각성을 한 것이 아닌 것은 분명 보인다.

　그렇지만 심연의 심안이 가지는 존재의 의미를 더욱 확실히 인지해서 2차 각성을 하는데 도움이 될 것 같다.

'전투 슈트를 해체하고 준비한 옷으로 갈아입자.'

이제부터 본격적으로 움직여야하기에 전투 슈트를 벗을 필요가 있었다.

— 로그 해제!

명령을 내리자마자 문제가 생겼다.

'이건 또 뭐지?'

원래대로라면 부품별로 분해가 되어 벗겨져야 하는데 전투 슈트가 곧바로 사라져 버린 것이다.

그것만이 아니라 큰 아버지로부터 받았던 공령도 사라지고 없었다.

'아버지가 남기신 차원 메탈로 카피를 한 것이 잘못된 건가? 어디……'

— 마스터키 인식! 채널 확보! 테라나인 온!!

<u>스르르르.</u>

혹시나 몰라 전투 슈트를 입기 위해 명령을 내리니 몸 위에 순식간에 나타났다.

사라졌던 공령도 함께 나타났다.

'설마!'

아무래도 차원 메탈로 카피하면서 전투 슈트와 공령이 동기화됐고, 둘을 보관할 수 있는 아공간이 생긴 것 같다.

'으음, 아티팩트를 위한 아공간은 유물에서나 가능한 일인데 이상하군.'

명령을 반복해서 내렸지만 전투 슈트를 착용하거나 벗을 때 아무런 이상이 없었다.

'호오~! 이거 꽤나 괜찮은데?'

전투 슈트를 마냥 입고 다닐 수도 없고, 별도로 보관을 해야 하는 터라 내심 걱정을 했는데 다행이다.

전투 슈트를 해제하고 준비한 옷을 입고 다시 명령을 내렸다.

— 테라나인 온!!

아공간의 보관되어 항상 인식이 되고 있는 터라 곧바로 전투 슈트를 입을 수 있었다.

마법적으로 만들어지는 아티팩트로 변한 것 같아 행운이 아닐 수 없었다.

'옷 위로 입었는데도 전혀 불편하지 않군. 그냥 전투 슈트였는데 아무래도 아이템이 된 것 같구나. 아직 아공간이 인식되지는 않지만 2차 각성을 하게 되면 알 수 있겠지.'

— 해제!

다시 명령을 내리자 전투 슈트가 사라졌다.

카트리지 안에 있는 카피된 전투 슈트를 옷과 신분증, 그리고 자금을 보관하던 상자에 넣은 후 카트리지를 잠갔다.

'카피한 전투 슈트는 아직 센터로 보낼 때가 아니니까 이곳에 보관하자.'

텔레포트를 써서 센터장에게 보낼 수도 있지만 장거리라 나중에 인편으로 보내는 것이 나았다.

초장거리 텔레포트를 사용하게 되면 자칫 에너지의 흐름이 추적당할 수 있으니 말이다.

여기에서 해야 할 일은 다 마쳤다.

이제는 떠나야하기에 인식 차단 장치를 다시 가동시키고 동굴 광장을 나왔다.

통로를 따라 바깥으로 나가며 예전에 설치를 해 둔 부비트랩도 가동을 시켰다.

그렇게 첫 번째 동굴 광장으로 들어가는 분기점까지 나온 후, 전에는 가동시키지 않았던 인식 차단 장치를 가동시켰다.

동굴 입구까지 가면서도 마찬가지로 설치 된 부비트랩을 가동시켰다.

그리고 입구를 나서기 전에 마지막 인식 차단 장치를 가동시킨 후에 바깥으로 나가서 입구를 무너트렸다.

'티가 나니까…….'

부서진 암석 주변과 작은 식물들 위로 마법적으로 만들어진 성장 촉진제를 꺼내 뿌렸다.

'예전부터 이런 상태로 있는 것처럼 보여야 하니.'

동굴 안쪽으로 무너트린 터라 별다른 티가 나지는 않지만 만약의 경우를 생각해서 취한 조치였다.

하루가 지나지 않은 작은 관목들로 뒤덮일 것이기에 발견될 염려는 없을 것이다.

'후후후, 확인을 해봐야겠지만 이제부터는 드미트리로 움직

여야겠지? 전부터 생각을 했었지만 이렇게 빨리 드미트리의 신분을 사용하게 될 줄은 몰랐는데…….'

지금부터 나는 블라디보스토크에 있는 극동 공립대학에 다니게 될 드미트리 오오비치 야안이다.

극동 공립대학교에 합격한 후 휴학 중인 자로 시베리아 중부지역에 실제로 살고 있었던 사람이다.

살고 있었던 사람이라고 한 것은 그가 시베리아 지역을 전전하다가 벼랑에서 떨어져 죽었기 때문이다.

중국에서의 작전을 준비하기 위해 동굴에 물자를 비축하고 탈출할 루트를 다시 확인하다가 계곡으로 떨어져 사경을 헤매는 드리트리를 발견할 수 있었다.

응급조치로 포션을 먹이기는 했지만 절벽에서 떨어지며 가슴을 부딪친 탓에 죽음을 잠시 지연시킬 수는 있어도 심장이 파열된 상태라 살려낼 수는 없었다.

포션으로 간신히 숨이 붙어 있던 드미트리는 죽기 전에 자신이 누구인지에 대해 말해 주었고 몇 가지 부탁을 했다.

그의 이야기를 들은 후에 나는 나에 대해서 말해 주었고, 부탁을 들어주는 대신 드미트리의 신분을 사용하는 것을 허락 받았다.

'아버지가 돌아가셔서 혈육이 아무도 없기도 하지만 드미트리가 흔쾌히 허락을 한 것은 아마도 같은 핏줄이고, 내가 특수요원이었기 때문이겠지.'

드미트리가 내 황당한 요구를 거절하지 않은 것은 아마도 아주 오래 전에 시베리아 이주한 고려인의 후손이었기 때문일 것이다.

나는 드미트리를 양지바른 곳에 잘 묻어 주고 난 뒤 그가 준 것들을 챙겨 동굴에 보관해 놨었다.

드미트리의 아버지인 오 해오비치 야안의 한국식 이름은 김 오다.

그는 모스크바 대학에서 물리학과 차원학 박사 학위를 받고 난 후 죽기 전까지 시베리아를 탐험한 사람이다.

자신의 연구이기도 하지만 모스크바 대학의 의뢰를 받은 일이었는데, 드미트리는 정규 학교를 다니지 않고 아버지인 오 해오비치 야안을 따라 시베리아를 전전했다.

그 탓에 드미트리는 정규 교육을 전혀 받지는 않았고, 성장한 그의 얼굴을 아는 자가 아무도 없었다.

재미있는 것은 그럼에도 모스크바 국립대학의 산하 꼴롬모보르그 수학과학고등학교를 졸업한 것으로 되어 있었고, 극동 공립대학교에 재학까지 하고 있다는 사실이었다.

서류상으로만 존재하는 학생이지만 말이다.

모스크바 대학에서 의뢰에 따른 보상 차원이라는 심증이 있기는 하지만 아직 그것까지는 확인하지 못했다.

드라마틱하게도 유일한 혈육인 드미트리의 아버지는 3년 전에 블라디보스토크로 향하는 시베리아 횡단열차 안에서 누군가에게 살해당했다.

아버지 이외에는 일가친척이 하나도 없으니 드미트리의 얼굴을 아는 이가 아무도 없는 것이다.

'무엇보다 김오 박사의 의료 기록이 전무하다는 드미트리의 말도 참고가 됐지.'

탐사를 끝내고 대한민국으로 돌아가기 전에 드미트리에 대해 조사하며 그의 신분이 상당히 유용하다는 것을 알 수 있었다.

반신반의했었는데 해킹을 통해서 드미트리와 그의 아버지에 관련한 정보를 들여다보고 이야기했던 것이 모두 사실인 것에 상당히 놀랐다.

드미트리는 아버지가 죽은 것을 아직 공식적으로 처리하지 않았다.

드미트리가 아버지의 죽음을 지켜봤고, 살해당한 아버지의 시신을 빼돌려 화장을 해버렸기 때문이다.

'이렇게 완벽한 가짜 신분은 아무도 만들어 낼 수는 없을 거다. 가짜임을 확인할 수 있는 정보가 아무것도 없으니까 말이다. 마치 일부러 그렇게 한 것처럼……'

의료 기록이 하나라도 남아 있다면 유전자 검사로 확인할 수 있을 테지만, 그런 것도 없으니 그야말로 완벽한 신분인 것이다.

'문제는 드미트리가 나에게 한 부탁인데 말이야.'

대한민국의 특수요원이라는 사실을 듣고 난 후 자신의 신분을 도용하는 대신 드미트리는 나에게 부탁 하나를 했다.

자신의 아버지가 남긴 것을 대한민국에 전해 달라는 것이었다.

'드미트리가 나에게 준 펜던트가 있어야 아버지가 남긴 것을 얻을 수가 있다고 했던가? 하지만 그것 말고 뭔가 더 숨겨진 것이 있는 것 같은데 말이야.'

아버지가 누군가에게 죽임을 당한 후에도 드미트리는 2년이라는 시간동안 시베리아를 전전했다.

서류상으로 극동 공립대학교에 입학했지만 곧바로 휴학을 한 것으로 되어 있기에 가능한 일이었다.

블라디보스토크와 시베리아를 왔다 갔다 하며 뭔가를 찾아 헤맨 것이 분명하지만 그것에 대해서는 끝내 이야기를 해주지 않아 무척이나 궁금했다.

'드미트리의 아버지는 10년이 넘도록 시베리아 전전하며 뭔가를 찾아낸 것이 분명하다. 아마도 대한민국에 전해 달라고 말한 그것이겠지. 아버지가 죽었는데도 불구하고 드미트리가 시베리아를 돌아다닌 것도 아마 대한민국에 전하라는 것과 관련이 있는 것을 찾기 위해서일 것이다. 그렇다면 아주 중요한 것인 것 같은데 말이야……'

뭔가 이유가 있을 것이 분명하다.

내가 특수 요원이라는 것만으로 부탁을 한 것을 보면 대한민국과 관련이 있는 일일 테고 말이다.

'중국으로 들어가려면 어차피 블라디보스토크로 가야하니까 간 김에 드미트리의 아버지가 마련한 안가에 들려 보자. 무엇을 남겼는지 알아야 움직일 테니.'

위험이 있을 수도 있지만 지금은 드미트리의 신분을 이용하는 방법이 최선일 테니 부탁한 것을 알아보는 것이 좋을 거 같다.

드미트리의 아버지가 마련해 둔 안가가 블라디보스토크에 있다.

그곳에서 비행기를 타고 중국으로 들어갈 생각이기에 한 번 들려볼 생각이다.

전에는 시간에 쫓겨서 블라디보스토크에 들리지 못했지만 이제는 드미트리의 아버지가 남긴 것이 무엇인지 확인해 볼 필요가 있다.

북쪽으로 방향을 잡고 계속 걸었다.

전투 슈트를 입고 가면 아주 빠르게 갈 수도 있지만 만약을 생각해 그냥 맨몸으로 걸었다.

북쪽으로 향한 이유는 200킬로미터 떨어진 곳에 시베리아 횡단철도에 딸린 역 하나가 자리 잡고 있었기 때문이다.

일주일 정도 산을 타고 움직인 후에 조그마한 도시를 찾을 수 있었다.

대략 3,000여 가구가 사는 곳인데, 마을 중심에 역이 있었다.

기차표를 사기 위해 역사에 갔다.

"블라디보스토크 편도로 하나 부탁합니다."

원어민 수준의 러시아어로 매표창구에서 표를 부탁했다.

"다음에 올 열차는 좌석이 하나도 없는데……."

배불뚝이 하나가 퉁명스럽게 말한다.

"급해서 그런데……."

그의 옆으로 급행료로 돈을 들이밀었다.

루불화가 아니라 달러로 100달러였기에 그의 눈이 상당히 커졌다.

"험! 험! 어디보자. 꾸뻬가 남았는데 2만5천 루블이요. 달러로 주면 더 좋고."

꾸뻬는 2등석의 4인실로, 지금 말한 요금은 모스크바에서 블라디보스토크까지 가격이다.

'이런 도둑놈의 새끼!'

한화로는 대략 50만원인데 중간에 타는데도 전액을 다 부르는 것을 보니 나머지 요금은 떼먹으려는 것 같아 속으로 욕이 나왔다.

"주세요. 달러가 없어서 계산은 루블화로 하겠습니다."

"크, 흠! 할 수 없지. 선금이요."

루블화로 돈을 다 내자 열차표를 준다.

"고맙습니다."

열차를 타려면 아직 시간이 많이 남았기에 표를 받아들자마자 곧바로 역사를 나왔다.

'오랜만에 제대로 된 음식 좀 먹어보자.'

반군 거점에서 뭉흐체첵과 헤어진 후부터 제대로 된 음식을 먹어본 적이 없다.

전투식량으로 만들어진 고단백 에너지 바만 줄곧 먹어온 터라 사람이 만든 음식이 그리워졌다.

'저곳에 사람들이 많군.'

역사 근처에서 만남이라는 뜻을 가진 브스뜨레차라는 이름의 음식점 하나를 찾을 수 있었다.

안쪽에 사람들이 많은 것으로 봐서는 맛있는 곳일 가능성이 높았기에 안으로 들어갔다.

'흐흠, 냄새가 정말 좋군.'

안으로 들어가자 꽤나 괜찮은 냄새가 났다.

하지만 낯선 사람이 들어온 탓인지 사람들의 시선이 집중되어 냄새를 느낄 여유는 그리 많지 않았다.

'저기가 비었군.'

얼른 비어 있는 곳으로 가서 자리에 앉자 종업원으로 보이는 여자가 다가 왔다.

'러시아인이 슬라브 계통이라 미인이 많다고 하더니…….'

키는 그다지 크지 않지만 이런 한적한 곳에서는 정말 보기 드문 미인이었다.

"여행을 오셨나 봐요?"

"여행은 아니고, 학교 과제로 탐사를 하러 왔다가 이제는 돌아가려고요."

"그렇구나. 혹시 학생?"

"극동 공립대학교에 다녀요."

"참 멀리서도 왔네요."

"저, 지금 제가 배가 고파서 그런데 블린느이 좀 주시겠어요. 속을 채울 것은 햄하고 치즈, 연어 알로 주시고요. 그리고 양은 이 인분으로요."

"호호호, 배가 많이 고팠나보다. 알았어요."

여자가 곧바로 주방으로 가서 주문을 넣었다.

얼마 지나지 않아 핫케이크처럼 생긴 블린느이와 속에 넣을 재료들이 담긴 접시를 들고 여자가 왔다.

"난 알리사라고 해요. 맛있게 먹어요."

"스빠씨바, 알리사."

한국 사람들이 들으면 욕처럼 들리겠지만 러시아 말로 고맙다는 말이다.

"천만에요."

내 인사에 알리사가 손을 들어 보인 후 주방 쪽으로 갔다.

'맛있겠다.'

음식이 눈앞에 보이자 회가 동했다.

블린느이는 러시아 핫케이크인데, 반죽에 러시아 특유의 유제품인 케피르를 첨가해서 쫄깃쫄깃한 맛을 낸다.

둥글고 얇은 이 러시아산 핫케이크에 연어 알, 잼, 치즈, 햄,

고기나 사워크림인 스메타나 등을 넣어서 먹는다고 생각하면
된다.

"쩝! 쩝!"

고소하고 쫄깃한 맛에 풍미가 살아 있는 속 재료가 감칠맛을
내고 있어 계속해서 식욕을 돋운다.

"쩝! 쩝! 알리사, 2인분 더요."

반 정도 먹었을 때 손을 들어 주문을 추가했다.

속이 허기지기도 했지만 정말 괜찮은 맛이라서 2인분을 금방
비워 버렸다.

"여기요."

"고마워요."

먹는 속도에 맞췄는지 접시가 비자 알리사가 추가한 2인분을
식탁에 내려놨다.

내 손과 입이 쉬지 않고 움직였다.

"우와! 정말 배가 고팠나 보네요. 이렇게 잘 먹는 사람은 처
음 봐요."

추가로 나온 것도 후다닥 해치우고 나자 주스를 가지고 온 알
리사가 고개를 흔들며 말했다.

"하하하, 내가 덩치가 좀 있죠."

"우리 집은 양이 많은 편인데 혼자서 4인분이라니 정말 대단
해요. 그런데 이름이 뭐예요?"

"드미트리라고 합니다."

"호호호, 얼굴하고 잘 어울리는 이름이네요."

"하하하. 에이, 뭘요."

왜 이렇게 친절한 것인지 모르겠다.

키는 190센티미터에 몸무게는 100킬로그램이고 얼굴은 선이 굵은 편이라 절대 어울리는 이름이 아닌데 말이다.

"고마워요, 알리사. 덕분에 잘 먹었어요. 이제는 가 봐야 할 것 같네요. 기차 시간이 얼마 남지 않아서 말이죠."

"그래요. 또 이곳으로 여행을 오실 건가요?"

"잘 모르겠어요. 이쪽으로 다시 오게 될지는……."

"다음에 또 봤으면 좋겠네요. 그럼 잘 가요."

"예."

알리사가 빈 그릇을 들고 주방 쪽으로 가는 것을 보며 팁을 식탁 위에 올려놓은 후 브스뜨레차를 나왔다.

소화가 되지는 않았지만 열차시간이 가까워 곧바로 역사로 갔다.

대합실에서 앉아서 조금 기다리자 시베리아 횡단 열차가 역사로 들어오는 것이 보였다.

'정말 고풍스러운 기차군.'

위쪽에 전조등이 달려 있고, 묵직한 원형의 철제 중심부에 붉은색 판에 금색으로 되어 있는 열차 번호가 옛날 증기기관차를 보는 것 같은 느낌이다.

'모습은 옛날 증기기관차인데 디젤엔진을 사용하는 것을 보

면 특급열차로군. 쩝! 이거, 괜히 미안해지는데……'

역사에 도착한 것이 일반적인 횡단 열차가 아니라 최상의 서비스를 제공한다는 특급열차였다.

내가 표를 산 가격에 두 배를 줘야 탈 수 있는 것이라 매표소에 있던 사람에게 속으로 욕한 것이 미안할 지경이다.

'고마워요. 잘 탈게요.'

매표창구를 향해 미소를 지어 보이고, 대합실을 나선 후 열차에 올라탔다.

특급열차답게 안에는 별도의 안내원이 있었는데, 내가 가야할 객실로 안내를 받을 수 있었다.

"여깁니다."

"고마워요."

안내인이 객실 문을 열어주었기에 안으로 들어갔다.

'이야, 이거 잘 하면……'

객실로 들어서자 아름답게 생긴 여자가 창가에 앉아 있는 것을 볼 수 있었다.

방금 전까지 보고 있었던 듯 양손으로 책을 쥔 그녀가 나를 가만히 바라보고 있었다.

"실례하겠습니다."

"괜찮아요."

침대칸 앞에 있는 좌석에 있는 그녀에게 인사를 하자 시크한 대답이 들려왔다.

4인 객실에 여자 한 명만 있는 것이 이상하기는 했지만 열차표에 적혀 있는 내 침대를 확인한 후에 들어가서 커튼을 치고 누웠다.

침대 밖으로 빙 둘러 칠 수 있는 커튼이 있어 그녀의 시선을 차단할 수 있었다.

'으음, 알리사가 능력자였나…….'

객실에 책을 보며 앉아 있던 여자는 지금 처음 보는 여자가 아니다.

얼굴은 다르지만 객실에 있는 여자는 브스뜨레차에서 나에게 말을 걸고 음식들 서빙을 했던 알리사가 분명하다.

얼굴이며 옷까지 전부 변해 있었지만 알리사에게서 나던 체향과 완전히 같으니 말이다.

'처음 볼 때부터 조금 이상하다는 생각이 들었지만 진성능력자였을 줄이야. 그것도 최소한 A급이다.'

내 감각을 속인 정도면 A급 진성능력자이상이어야 하는데 한낱 시골 도시의 음식점에서 서빙을 하고 있는 것을 보면 목적이 있는 여자다.

더군다나 내가 이름을 말했을 때 뭔가 동요를 보이는 것 같더니, 아무래도 진짜 드미트리와 관련이 있는 여자인 것이 분명하다.

'이 여자가 나타난 것은 아무래도 그때 그자 때문인 것 같군.'

산맥을 타고 이동을 하다가 4일 전에 딱 한 번 인기척을 느낀 적이 있었다.

멀리서 망원경으로 나를 살피는 것 같은 자가 하나 있었다.

심안으로 살펴보니 하고 있던 행색으로 봐서는 밀렵을 하는 자로 보여 무시했었다.

'밀렵꾼이 아니라면 누군가로부터 의뢰를 받았다는 뜻인데, 아무래도 의뢰인이 알리사인 것 같구나. 알리사가 나에게 접근하려는 이유는 모르지만 해치려는 것은 아닌 것 같으니 일단 지켜보도록 하자.'

일반인들은 알 수 없지만 객실 주변에 알리사가 친 것으로 보이는 인식 차단 장치의 에너지가 느껴진다.

10분이라는 짧은 시간에 공간 이동을 해 다른 모습으로 열차에 타고 인식 차단 장치를 칠 수 있을 정도라면 최소한 A급에 준하는 진성능력자라고 할 수 있다.

알리사를 대놓고 살펴볼 수는 없겠지만 인식 차단 장치를 친 것을 보면 최소한 나에게 호의를 가지고 있는 것은 분명하다.

외부에서 객실 안을 감지하지 못하도록 인식 차단 장치를 설치한 것을 보면 말이다.

'무엇을 원하는지 살펴보자. 행동은 그 다음에……'

지켜보면서 어떻게 할지 생각해 보기로 했다.

'아함! 피곤하니 일단 한숨 자볼까.'

일주일 동안 눈 한 번 붙이지 않고 강행군을 한 상태에서 맛있는 음식을 잔뜩 먹은 탓인지 졸음이 밀려온다.

지금은 씻는 것 보다 자는 것이 우선이다.

시베리안 삼림지대 인근에서 몰래 밀렵을 하는 자들에게 의뢰를 넣었던 알리사는 사흘 전에 원하는 정보를 얻을 수 있었다.

동양인으로 보이는 젊은 청년을 봤다는 제보를 받은 알리사는 곧바로 위성을 검색했다.

제보자가 만났던 위치에서부터 정밀하게 추적한 한 후 대상자가 움직인 경로를 확인할 수 있었고, 곧바로 시베리아로 날아왔다.

역장에게 손을 쓰고 난 후 역사 근처에 있는 음식점에 취직을 해 기다렸다.

산맥을 타고 오느라 제대로 먹지 못해 음식점을 찾을 것이라는 판단대로 대상자와 조우 할 수 있었다.

자신이 찾고 있던 인물인 확인한 그녀는 대상자를 보호하기 위해 열차로 공간 이동을 해 탑승을 했다.

안내원 몰래 탑승을 하기는 했지만 내일까지 사흘 동안 움직이는 시베리아 횡단 열차의 객실을 이미 예매한 터라 문제는 없었다.

역장이 드미트리에게 판 것도 그녀가 예매한 객실의 열차표 중 하나였고, 예상대로 대상자와 한 객실에 머물 수 있었던 것이다.

드미트리의 보호를 요청한 이는 그녀의 스승이자 보호 대상자의 아버지인 오 해오비치 야안이었다.

드미트리 오오비치 야안이라는 이름 중에서 중간의 오오비치는 오의 아들이라는 뜻이니 자신이 찾고 있는 이가 틀림없었다.

스승의 이름이 고려족의 방식으로 성은 김이고, 이름은 외자로 오를 쓰니 말이다.

'스승님이 비명에 가신 것을 확인한 후, 시신이 사라졌을 때 드미트리가 죽었을지도 모른다고 생각했었는데……'

스승인 김오가 시베리아에서 찾고 있었던 것은 차원 융합이 이루어지기 전에 존재했다고 알려진 이 세상의 기반 에너지였다.

대변혁이 일어난 후 각 차원의 에너지도 융합되어 세상을 움직이고 있었기에 이전 세계의 기반이 되었던 에너지를 찾는다는 것은 거의 불가능한 일이었지만 스승인 김오 박사는 확신을 가지고 있었다.

그런데, 이전 세계의 기반 에너지에 대한 단서를 찾았다는 소식을 모스크바 대학에 전하고 얼마 지나지 않아 스승인 김오 박사가 누군가에게 살해를 당했다.

시베리아에서 블라디보스토크로 가는 도중에 누군가에게 살해당한 스승의 시신을 시골 병원의 안치실에서 확인하며 알리사는 비밀리에 남겨진 유언을 찾을 수 있었다.

하지만 유언의 진위 여부를 확인하기 위해 잠시 자리를 비운 사이에 스승의 시신이 사라져 버렸다.

시신이 사라지기 전에 동양인 청년이 포함된 건장한 사나이들을 병원 근처에서 봤다는 이야기를 병원장으로부터 들은 후 근처를 이 잡듯이 뒤졌다.

드미트리로 보이는 동양인 청년에게 돈을 받고 시신을 옮긴 자들을 찾아내기는 했지만 그것으로 끝이었다.

운전해 온 트럭에 스승의 시신이 담긴 관을 싣고 떠난 동양인 청년의 흔적을 그 어디에서도 찾을 수 없었기 때문이었다.

'정말 미치는 줄 알았지. 어디에서도 드미트리를 찾을 수 없었으니까.'

자신이 없을 때 벌어진 일이라 자책감이 무척이나 컸지만 스승의 유언을 쫓아야 했다.

드미트리를 보호하기 위해 무척이나 찾아 헤맸지만 찾을 수가 없었다.

스승과는 따로 떨어져 별도의 조사를 하고 있었기에 무사할 것으로 여겼지만 3년이 다 되어가도록 시베리안 인근에서 드미트리를 보았다는 소식을 전혀 듣지 못했기에 걱정이 이만저만이 아니었다.

드미트리 또한 살해당했을지도 모른다는 생각에 슬슬 포기하고 있었던 시점이었는데, 그가 갑자기 모습을 드러냈다.

'그나저나 드미트리가 블라디보스토크에 모습을 드러내면 스승님을 죽인 놈들이 움직이기 시작할 텐데 별다른 정보가 없으니 걱정이군.'

드미트리가 행방을 알 수 없는 동안 알리사는 놀고만 있지 않았다.

스승의 죽음과 관련된 자들을 조사하며 어느 정도 결과를 얻을 수 있었고, 스승의 죽음에 관여한 자들에 대한 단서를 포착하고 있었다.

스승의 죽음과 관련이 있는 자들 중에는 정보국 산하에 있는 블리자드 섹터의 진성능력자들이 있었다.

남겨진 흔적을 지워 버려서 쉽게 찾아내지는 못하겠지만, 너무 급작스러운 만남이라 완벽하게 지우지 못해 조금은 불안했다.

드미트리를 찾아 다행스러운 일이기는 하지만 준비가 많이 부족한 상황이라 서둘러야 했다.

'조금 더 확인을 해야겠지만 스승님께서 부탁하신 것을 들어드릴 수 있어 다행이다. 스승님, 저에게 의뢰라고 말씀하셨지만 드미트리는 제가 반드시 지키겠습니다.'

알리사는 조용한 눈으로 가려진 침대칸을 바라보며 스승으로부터 전해진 유언을 되새기며 책처럼 보이는 디스플레이 패널을 펼쳐 들었다.

'드미트리가 블라디보스토크에 도착하기 전까지 최대한 서둘러 정보를 교란해야 한다.'

드미트리가 극동 공립대학교에 다닌다는 것은 아직 알려지지 않았다.

비밀리에 스승의 요구를 들어준 자가 얼마 전 세상을 떠났기 때문이다.

하지만 블리자드 섹터의 진성능력자라면 안심이 되지 않기에 여러 가지 정보를 계속해서 섞어 남아 있는 흔적까지 지워야 했다.

알리사는 정보를 조작하기 위해 자신이 가지고 있는 패널을 열었다.

'그래도 그나마 다행인 것은 스승님 때문에 드미트리에 대한 공식적인 정보는 전혀 없다는 거다.'

10살 이후로 드미트리는 스승과 함께 시베리아에 있었던 터라 세상에 모습을 드러내지 않았다.

자신마저도 드미트리를 한 번도 만난 적이 없을 정도니 정보를 조작하기가 무척이나 쉬웠다.

이미 변조해 놓은 출생지의 증명들에 적힌 정보를 기반으로 극동 공립대학교의 자료를 일부 수정하고, 기관에 알려진 것들을 조작하고 나니 다른 것은 거의 손을 댈 필요가 없었던 것이다.

탁!

조작을 끝내고 패널을 닫은 알리사는 서늘한 눈으로 창밖을 바라보았다.

'기다리고 있어라. 드미트리의 각성이 끝나게 되면 네놈들에 대한 응징도 시작할 테니⋯⋯.'

3년이 넘는 시간동안 참아 온 일을 머지않아 시작할 수 있다는 생각에 가슴이 떨려왔지만, 알리사는 애써 억누르며 마음을 가라 앉혔다.

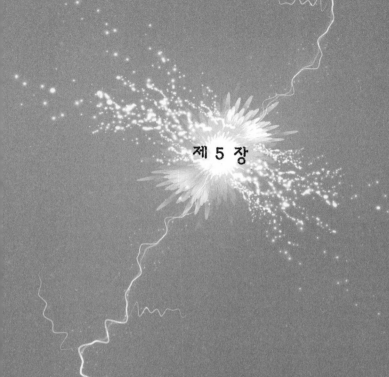

제 5 장

지—이잉!

'뭐지?'

막 잠이 들었다가 스킨 패널에서 전해지는 이상 신호에 정신을 차려야 했다.

내가 특별히 인식을 걸어둔 정보를 누가 건드리고 있다는 신호였기 때문이다.

스킨 패널을 열자 내가 인식하고 있던 정보들이 빠르게 바뀌는 것이 보였다.

정보를 조작하는 곳이 어디인지 추적을 하다 보니 누가 관여하고 있는 것인지 알 수 있었다.

'으음, 어쩐지?'

놀랍게도 정보를 조작하고 있는 것은 아직도 객실 의자에 앉아 있는 알리사였다.

'드미트리를 조사하면서 공공기관에 남겨진 정보가 너무 허술하다고 생각했는데 범인이 바로 눈앞에 있었군.'

정보가 변경되는 것들은 극동 공립대학교를 비롯해 러시아 정부 기관들이 보유하고 있는 것들이다.

쉽지 않은 일인데도 능숙하게 조치를 하고 있는 알리사에게 흥미가 돋지 않을 수 없었다.

조작되고 있는 정보들이 한결같이 드미트리를 보호하기 위한 것들이니 말이다.

'정말 완벽하군. 능력이 거의 최고 수준이다.'

내가 하는 것보다 훨씬 나은 것이, 해킹하는 실력이 정말 남달랐다.

'으음, 정말 S급인가?'

조작을 끝낸 후 마지막에 살짝 비친 살기는 보통 수준의 진성 능력자가 아님을 알려주었다.

결코 A급이 가질 수 있는 살기가 아니었다.

'심연의 심안이 떨릴 정도라면 진짜 S급 진성능력자로군. 나이가 그리 많지 않은 것 같은데……'

정체가 더욱 궁금해졌다.

알리사가 실제 이름인지는 잘 모르겠지만 식당에서 처음 봤을 때 얼굴과는 달리 20대 중반을 넘어서지 않았음을 알 수 있었다.

2차 각성을 한 후 자신의 본질이 가진 능력을 사용할 수 있게 되면 진성능력자로 인정을 받게 된다.

그러고는 진성능력자로 인정되는 것과 동시에 등급 판정을 받게 되는데, 등급이 아무리 잘 나와 봐야 B급을 넘어서지 못하는 것으로 알려졌다.

판정 받은 것보다 높은 등급의 진성능력자가 되려면 각고의 노력으로 자신의 능력을 끌어올려야 한다.

등급을 올리려면 상당한 시간이 소요되는데 B급에서 A급으로 성장하기 위한 수련 기간이 평균적으로 10년 걸린다는 것이 정설이다.

더군다나 A급에서 S급으로 올라서려면 수련 시간으로 해결될 수 없는 부분이 많아 그대로 머무는 경우가 대부분인 것으로 봤을 때 알리사는 매우 특별한 경우였다.

그리 많지 않은 나이에 S급 능력자라니 정말 대단한 일이 아닐 수 없었다.

'자유자재로 얼굴을 변형시킬 수 있는 능력에다가 정보 조작, 그리고 내가 식당을 떠난 후에 곧바로 열차에 오른 것을 보면 텔레포트 능력도 있는 것 같고, 그녀가 1차로 각성한 본질이 무엇인지 정말 궁금하군.'

본질의 특성이 그녀를 S급 능력자로 성장시켰을 것이기에 궁금하지 않을 수 없다.

그렇지만 지금 내가 발휘할 수 있는 심연의 심안으로는 그것을 알아낸다는 것은 어림없는 일이다.

'나를 드미트리로 인식하는 것은 좋은 일이기는 하지만, 진짜가 아니라는 것이 밝혀진다면 아주 곤란해질 수도 있겠으니 조심해야겠다.'

본질이 가진 능력을 완벽하게 발휘할 수 있을 때 진성능력자라고 부른다.

등급에 관계없이 진성능력자가 되면 인간의 한계를 일정 부분 초월한다.

A급 진성능력자의 경우만 해도 재앙이라고 표현되고 있으니 S급 진성능력자는 말할 것도 없다.

아까 보았던 살기 정도라면 그녀가 내 진실한 정체를 아는 순간에 죽을 수도 있다는 생각이 들었다.

내가 드미트리와의 진실을 말한다고 해도 믿지 않을 공산이 크니 말이다.

'아무래도 생각을 많이 해봐야겠군.'

알리사가 드미트리를 보호하는 것 같으니 그의 신분을 활용하려면 철저하게 위장해야 하기에 방법을 찾아야 했다.

얼마 지나지 않아 조금은 허술하지만 그렇기에 알리사가 나를 신뢰할 수 있는 방법이 떠올랐다.

'내가 가진 지금 하고 있는 얼굴이 본래의 것이 아니라는 것

을 알고 있는 것 같으니 어쩌면 방법이 생길수도 있겠군.'

나에게 알려지지 않도록 조심하며 보호하는 것을 보면 블라디보스토크에 있는 안가에 들러 드미트리와 그의 아버지가 남긴 것을 확인하게 되면 알리사는 내 신분을 의심하지 않을 것이다.

'신분에 대한 확신이 생긴다면 그 다음부터는 문제가 없을 것이다.'

암중에서 내 신변을 보호하기 위해 알리사는 이제부터 줄곧 나를 쫓아다닐 확률이 높다.

머지않아 중국에 들어가야 하고, 나중에는 대한민국으로 돌아가야 한다.

내 신분에 대해 확신이 없다면 의심이 들 테지만 간단한 트릭으로 알리사를 속일 수 있을 것 같다.

내가 생각하는 트릭은 대한민국에서의 내 진짜 신분과 드미트리의 신분을 모두 위장 신분으로 만드는 것이다.

내 진짜 신분에 약간의 조작 흔적을 남기고, 위험을 피하기 위해 이중 신분으로 활동하는 것처럼 보이게만 할 수 있다면 알리사의 눈을 피해갈 수 있을 것 같다.

러시아와 대한민국 양쪽에서 활동하는 데도 지장은 없을 것 같고 말이다.

'대충 이 정도로 정리를 해 놓자. 어차피 안가에 가서 드미트리의 아버지인 김오 박사가 남긴 것을 확인한 후에 알리사의 반

응을 봐야 하니까.'

확신을 가질 수는 없지만 알리사의 행동에서 결코 의뢰 같은 느낌이 들지를 않으니 안가로 가게 되면 알리사에 대한 확실한 정보를 얻을 수 있을 거 같다.

'아함!'

든든한 보호자가 있기 때문에 그런 것인지 생각을 정리하자 졸음이 쏟아진다.

'아직 이틀은 더 가야 하니 잠이나 한숨 자두자. 생각을 해봐야 하는 것도 있고……'

일정한 운율로 소리를 내며 달리는 열차의 소음을 자장가삼아 듣다가 이내 잠이 들었다.

잠이 들기는 했지만 가수면상태다.

피로가 완전히 풀리지는 않겠지만 지금까지 벌어진 알 수 없는 일을 확인하기 위해서 필요한 일이었다.

대폭발이 있었던 곳에 있을 때, 내가 대변혁 이전 세상의 에너지를 흡수한 것이 분명하다.

그로 인해 아버지가 남기신 전투 슈트를 차원 메탈을 이용해 복제하면서 뭔가가 벌어진 것이 분명하다.

전투 슈트에 담긴 에너지를 사용하는 것도 전보다 훨씬 원활해졌고, 내 본질인 심안의 심안에도 변화가 생긴 것 같으니 말이다.

'도대체 알 수가 없군. 두 번째 각성을 한 것도 아닌데 말이야.'

지금 상태라면 진성능력자라해도 과언이 아니다.

일반적인 에너지의 본질을 파악하는 것뿐만이 아니라 명확하지는 않지만 정신 에너지의 작용이라고 할 수 있는 의식의 흐름도 어느 정도는 파악할 수 있으니 말이다.

'센터장이 그곳으로 가보라고 한 것을 보면 내가 가진 본질에 대해서 이미 알고 있었을 것이다. 내 본질이 가진 능력을 향상시킬 수 있다는 것을 알고 있었을 확률이 높으니까 말이야. 그렇다면……'

내가 가진 본질이 무엇인지 명확하게 알고 있는 사람은 큰아버지와 아버지, 사촌형, 그리고 스승님뿐이다.

센터장이 알고 있다면 스승님께서 말씀을 해주셨을 것이 분명하다.

'스승님께서도 대폭발이 있었던 곳에 내 본질을 성장시킬 것이 존재한다는 것을 알고 있었다는 뜻인데……'

센터장이 나에게 그곳에 대한 정보를 건넨 것도 스승님이 원해서였을 가능성이 높다.

'나에게 바라시는 것이 있으신 것도 아니신데……'

아무리 생각해도 그곳에서 대변혁 이전의 에너지들을 얻은 것은 스승님이 나를 위해 준비하신 것이 분명하다.

아버지에 뜻에 따라 아주 어릴 때부터 스승님에게 맡겨져 수련을 했다.

어찌 보면 할아버지나 마찬가지인 분이시라 나에게 다른 뜻은 없으셨고, 그저 내가 세상에 이로운 존재가 되기를 바라셨을 뿐이다.

아직 내 본질에 대해 완벽하게 새긴 것이 아닌데도 성장을 시키려고 하시는 스승님의 뜻을 잘 모르겠다.

'말씀을 허투로 하시는 분이 아니시니 뭔가 뜻이 있으시겠지. 그나저나 시끄럽군.'

생각에 집중하다보니 가수면상태가 깨진 탓인지 레일 위를 달리는 바퀴 소리가 거슬린다.

'이제 일어나자.'

잠에서 깨어나 보니 창밖에 어둠이 서려 있다.

저녁 먹을 시간인 것을 보니 네 시간 가까이 잠이 들었던 것 같다.

'생각이 정리가 돼서 그런지 기분은 좋군. 컨디션도 나름 괜찮고.'

불편한 침대칸에서 네 시간 정도 가수면 상태로 생각을 정리했을 뿐인데 컨디션이 최고조일 만큼 좋다.

몽골에서부터 대폭발이 있는 곳까지 갈 때는 포션을 먹으며 이동을 했고, 그곳부터 알리사를 만나기 전까지는 이용하지 않았다.

지금까지 한숨도 자지 못하고 움직였는데도 약간의 피곤함이 있었을 뿐이다.

'폭발이 일어났던 현장에서 에너지를 흡수한 것 때문에 그런

건가? 회복하는 속도가 비정상적으로 빠르지만 심연의 심안으로 살펴봐도 특별한 이상이 없기는 한데…….'

신체에 이상이 없다고는 하지만 결코 정상이 아니라고 생각하는 순간, 드미트리와 처음 만났을 때의 일이 떠올랐다.

드미트리가 죽었을 때 정신을 잃고 깨어난 후에는 심연의 심안이 많이 활성화 되었다.

그리고 대폭발이 있던 곳에서 정신을 잃고 깨어난 후에 전투슈트 사용이 확연하게 수월해진 것도 그렇고, 지금은 비정상적인 회복 속도를 보이고 있다.

서로 다른 현상이라고 보기에는 정말 이상한 일이 아닐 수 없다.

'대폭발이 있었던 곳과 드미트리가 죽은 곳은 얼마 떨어지지 않은 곳이다. 드미트리도 그렇고, 스승님의 안배까지 어쩌면 그곳은 나와 인연으로 엮어진 곳일지도 모른다. 센터장이 좌표를 알려주기는 했지만 결코 쉽게 찾을 수 있는 곳이 아니었으니 말이야. 으음, 아무래도…….'

대폭발이 있었던 지역과 드미트리가 죽음을 맞이한 곳은 산이 하나 가로막고 있어서 그렇지 직선 거리로 1킬로미터를 벗어나지 않았다.

드미트리와 그의 아버지가 찾고자 하는 것이 어쩌면 내가 정신을 잃기 전에 마주하고 흡수한 에너지 집합체일 수도 있다는 생각이 문득 들었다.

'아무래도 에너지들이 이합집산을 하고 있던 그 지역에 대해

서 정밀하게 조사를 할 필요가 있을 것 같다. 지금은 어려우니 센터의 일을 해결한 후에 다시 가보자.'

급한 일을 해결한 다음에나 시간을 낼 수 있을 것 같기에 자리에서 일어나 침대칸을 가리고 있는 천을 걷었다.

"어머! 깨어나셨나 보네요?"

처음 봤을 때보다 부드러운 목소리다.

"죄송합니다. 인사를 했어야 했는데 조금 피곤했나 봅니다. 저는 드미트리라고 합니다."

"저는 아이리스라고 해요."

진명인지는 모르겠지만 흥미롭게도 아이리스란 꽃과 같은 이름을 사용한다.

"이제 저녁을 먹을 시간인데 식당 칸에 같이 갈까요? 전 혼자 먹는 것을 원래 싫어해서 당신과 같이 먹었으면 하는데 말이죠."

"하하하, 그러면 저야 좋지요."

"그럼 어서 얼굴 좀 씻어요. 눈가에 눈곱이 꼈어요."

"아이고, 이런!"

눈을 비벼보니 꽤나 큰 눈곱이 만져졌다.

떼어내 살펴보니 약간 검은 것이 보기에 흉했을 것 같다.

더군다나 몸에서 시큼한 냄새까지 나고 있었는데 장난이 아니었다.

"좀 씻고 오겠습니다."

얼른 화장실로 가서 얼굴을 살펴보니 때가 낀 것처럼 얼룩덜

룩하다.

'역사 화장실에 있는 거울을 봤을 때도 이런 모습이 아니었는데 자면서 노폐물이라도 흘러나온 건가?'

혹시나 해서 옷을 들추고 살펴보니 거무스름한 피막 같은 것들이 피부를 따라 일어나 있었다.

'그냥 두면 냄새가 심할 테니 얼굴을 씻을 것이 아니라 아예 샤워를 해야겠군.'

냄새가 그리 심하지는 않지만 이런 모습으로 다닐 수는 없을 것 같았다.

내가 나오기를 기다릴 테니 양해를 구하고 씻는 것이 좋을 것 같았다.

"안 씻어요?"

객실로 가니 그냥 온 나를 보며 묻는다.

"몸에서 냄새가 나서 샤워를 해야 할 것 같아서 말이죠."

"호호호, 사실 냄새가 약간 나기는 했어요. 기다릴 테니 어서 씻고 와요.

"고마워요."

침대칸에 두었던 백팩을 가지고 곧바로 화장실로 갔다.

침대칸을 운영하는 열차답게 화장실에 샤워 부스가 설치되어 있어 몸을 씻는 데는 문제가 없었다.

물을 틀어 간단히 몸을 씻고 백팩에 들어 있던 비닐 팩에 입고 있던 옷을 담은 후 새 옷으로 갈아입었다.

'블라디보스토크에 도착하면 면도도 해야겠군.'

덥수룩한 수염이 거슬렸지만 면도기를 가지고 어지 않았기에 나중에 깎기로 하고 객실로 돌아갔다.

"어머! 정말 말끔하네요. 수염만 깎으면 여자들이 많이 따르겠어요."

"설마요?"

"아니에요. 아주 인기 있을 거예요."

러시아 여자들이 남자를 보는 눈은 한국 여자들과 정말 다른 것 같다.

호리호리하게 생긴 미남보다는 남자답게 생긴 이를 더욱 선호하는 것이 러시아 여자들의 특성이라더니 말이다.

"하하하, 기분이 좋네요. 이름도 예쁘시고, 미인이신데 보는 눈도 좋으신 것 같군요."

"제가 좀 눈이 높죠."

"아이리스란 이름이 혹시 꽃에서 따온 건가요?"

"맞기는 한데 왜 그러죠?"

"하하하, 아이리스가 무지개의 여신이라는 뜻을 가지고 있지요, 아마?"

"아부가 장난이 아니네요. 고마워요."

"천만에요. 아이리스 같은 미인에게는 당연한 일인데요."

"부모님이 독실한 신자이신가 봐요?"

"왜요?"

"당신은 이름이 성인의 이름을 따서 지은 것 같아서요."

드미트리라는 이름은 보통 정교회와 카톨릭이 공유하는 몇 안 되는 성인인 성(聖) 테살로니키의 디미트리오스의 따와 이름을 짓는 경우가 많지만 드미트리에게 죽기 전에 들은 바로는 아니다.

"아니요. 그리스 신화에 등장하는 농업의 여신인 데메테르에서 따와 지으셨다고 하더군요."

"아하."

'정말 마음을 놓을 수 없는 여자군.'

이번에 질문한 것은 나를 시험하려는 의도였기에 드미트리에게 듣지 않았다면 틀렸을 것이다.

'그래도 다행이군.'

그녀의 눈빛에 안도감이 도는 것을 보면 진짜 드미트리라고 인정을 받은 모양이라 어느 정도는 안심이 되었다.

"그럼 식당 칸으로 갈까요?"

"호호호, 그래요. 오늘은 오랜만에 즐거운 저녁 식사가 될 것 같네요."

객실을 나와 식당 칸으로 갔다.

오늘 준비된 저녁 식사는 샤실릭과 보드카였다.

샤실릭은 절인 고기와 야채를 기다란 쇠꼬챙이에 끼워 숯불에 구운 꼬치요리 종류였는데, 보드카를 곁들어 먹으니 아주 맛있었지만 아이리스와의 대화는 곤욕이 아닐 수 없었다.

대화하는 와중에 나에게 관심 있는 것처럼 여러 가지를 질문을 했는데, 여러 가지 함정을 숨겨 내가 드미트리인지 끊임없이 확인을 했기 때문이었다.

자신과 아버지가 시베리아에서 한 일은 세상 그 누구도 알지 못하는 것이니 철저히 함구하고, 안가에 보관된 물건을 찾아 비밀리에 대한민국에 전하라는 드미트리의 말이 아니었으면 자칫 들킬 뻔할 정도로 아이리스의 질문은 교묘하기 그지없었다.

"호호호, 오늘 저녁 식사는 정말 즐겁네요. 그런데 블라디보스토크로 가면 복학할 거예요?"

"아니요. 집에 들른 후에 중국으로 여행을 갔다가 한국에 가서 몇 년 생활을 할 생각이에요."

"한국에요?"

"유학을 가려고 해요."

"조금 어렵지 않을까요?"

"러시아가 한국과의 전쟁에서 지기는 했지만 교류가 단절된 것이 아니니 그리 어렵지는 않을 겁니다. 특히 차원 정보 학과들은 전 세계 누구나 받아들인다고 들었으니 문제없을 겁니다."

"그렇군요. 하지만 잘 생각해 보길 바라요. 차원 정보 학과에 들어가는 것은 문제가 없을지라도 한국인들이 러시아를 바라보는 눈이 결코 호의적이지는 않으니 말이죠."

"걱정해 주시니 고맙습니다만, 저는 고려인이라서 별로 문제가 될 것은 없을 거예요. 그리고 차별을 받지 않을 방법도 있고 말이죠."

"그럴지도 모르겠네요."

"이제 식사도 끝났으니 그럼 이만 갈까요?"

"그러죠. 한잔 마시기로 했으니."

저녁 식사를 마쳤기에 자리에서 일어났다.

이야기를 나누다가 식사 후에 객실로 가서 한잔하기로 했기 때문이었다.

"준비한 것 좀 주세요."

"여기 있습니다."

계산을 하고 식당 칸을 나서기 전에 아이리스는 매니저로부터 식사를 하며 미리 부탁해 놓은 보드카와 숯불에 구운 육포를 챙겼다.

객실로 돌아온 후 술자리가 벌어졌다.

알코올이 40퍼센트나 되는 독주였지만 아이리스나 나나 그다지 상관은 없었다.

식사 때와는 달리 잔을 부딪치고 독한 보드카를 한 번에 들이키자 알싸한 알코올의 느낌이 식도를 타고 흐른다.

뱃속에서부터 따뜻하게 올라오는 주기를 보니 아주 좋은 술이다.

"언제부터 시베리아를 여행했던 거예요?"

"아주 어렸을 때부터 아버지를 따라다녔죠."

"어머! 아버지가 모험가신가 봐요."

"말씀드리지는 못하지만 그런 건 아니에요."

"말 못할 사정이 있나봐요."

"미안합니다."

아이리스는 내말에 고개를 끄덕이면서 더 이상 묻지를 않았다.

"그나저나 아이리스는 목적지가 블라디보스토크라고 했는데, 왜 가시는 겁니까? 혹시, 여행?"

"여행은 아니고 저를 가르쳐 주셨던 스승님을 찾아가고 있어요."

"스승님이요?"

"눈치를 채셨겠지만 전 2차 각성자예요. 각성을 하기 전까지 스승님으로부터 많은 가르침과 도움을 받았지요."

"그랬군요."

왜 블라디보스토크로 가는지 이미 알고 있기에 더 이상 묻지 않고 고개를 끄덕였다.

'나를 드미트리로 확신하는 것 같은데, 혹시 내가 놓친 것이 있나?'

대화가 잘 흐르고 있는데도 불구하고 알 수 없는 불안감에 등골이 서늘하다.

"어머!"

"와아아!!"

아이리스의 탄성에 눈을 돌려 창밖을 보니 멀리 갖가지 색으로 물든 하늘이 보였다.

그리고 심장이 얼어붙을 것 같은 불안감도 어느새 사라지고 없었다.

'오로라 때문인가?'

뭔가 아이리스의 마음에 변화가 생긴 것 같다.

"아! 정말 보기 드문 오로라군요."

"호호호, 정말 기분이 좋네요. 저렇게 찬란한 오로라는 좀처럼 보기 힘든 건데."

정말 환하게 웃는 웃음을 보니 마음까지 설렌다.

"호호호, 저런 오로라를 볼 수 있다니 당신과 만난 것이 아마도 나에게는 행운이었나 봐요."

"글쎄요……."

"홍! 아니라는 건가요?"

"아, 아닙니다. 아이리스 같은 미인과 이렇게 단둘이 술을 마시며 오로라를 보다니 저에게도 행운인 거죠."

"호호호, 그렇죠."

"그럼요."

와락!

내가 고개를 끄덕이며 대답을 하자 갑자기 아이리스가 달려들어 나를 껴안더니 입을 맞춘다.

순식간에 불안감이 가셔버려서 마음을 놓아서 그랬는지 아이리스를 저지하지 못했다.

'뭐지, 이 느낌은?'

나를 드미트리로 알고 그러는 것 같아서 아이리스를 떨쳐내려 했지만 그럴 수가 없다.

'저, 정말 이상하다.'

이상하게도 입을 맞추는 순간 급격히 친밀감을 느꼈다.

아니, 그 정도가 아니다.

입술이 닿는 순간 짜릿함과 함께 영혼이 격하게 울려 대고 있었다.

'이, 이러면 안 되는데……'

뇌전처럼 꽂힌 감미로움 뒤로 부드러운 그녀의 혀가 내 입안으로 파고들어온 후에는 아무 생각도 할 수 없었다.

느껴지는 것은 오로지 아이리스라는 존재뿐이다.

'이상하다. 난 분명히 눈을 감았는데……'

키스를 하면서 눈을 감았었다.

그런데 이상하게도 아이리스가 아주 선명하게 보인다.

방금 전의 모습이 아니라 옷을 하나도 입지 않은 전라의 모습으로 말이다.

나는 지금 황홀감에 젖어 의식으로 아이리스 실체를 보고 있었다.

'드디어……'

의식으로 보고 있는 것이 분명한 것을 보면 심연의 심안이 완전히 눈을 뜬 것 같다.

◈　　　◈　　　◈

　　내 이름이 아이리스인 이유는 이 사람이 말했던 것처럼 무지개 여신이라는 의미를 가지고 있다.

　　내가 펼칠 수 있는 능력이 모두 일곱 가지이기 때문에 2차 각성 후에 스승님이 직접 내게 내려주신 이름이다.

　　내가 쫓아온 이 남자가 스승님의 아들일 것이라고 생각을 했었지만 식당 칸에서 능력을 펼쳐 확인을 한 후에는 기대가 완전히 무너져 버렸다.

　　내 예상과는 달리 이 사람은 스승님의 아들이 아니었기 때문이다.

　　내가 생각했던 이가 아니었지만 단 에 처치하지 않고 확인을 한 것은 이자가 스승님께서 남기신 것을 가지고 있기 때문이다.

　　스승님이 돌아가시기 전에 드미트리에게 남기신 것으로 보이는 여명의 빛은 초월급의 진성능력자라 할지라도 절대 강제로 빼앗을 수 없는 것이니 말이다.

　　여명의 빛을 가지고 있는 것을 보면서 한 가지 경우를 추측할 수 있었다.

　　스승님의 아들인 드미트리가 이 사람에게 자발적으로 넘겼을 것이 확실했다.

　　어떻게 할지 고민하느라 그의 눈을 피하려 창밖으로 시선을 돌리는 순간, 황홀한 오로라가 창밖에 펼쳐져 있었다.

"어머!"

'그때 분명히 스승님께서…….'

"아이리스야!"

"예, 스승님."

"네 운명의 동반자인 영혼의 반려는 오로라와 함께 나타날 것이다. 그리고 너는 자신도 모르는 사이에 그가 네 반쪽임을 알게 될 테지. 그를 만나면 절대 놓치지 말거라. 그를 얻게 되면 너의 또 다른 가능성을 발견하게 될 테니 말이다."

스승님의 예언을 들은 후 수련을 겸해서 일부러 오로라가 나타나는 지역을 찾아서 다녔다.

본래 남극과 북극과 가까운 지역에서 나타나던 오로라가 대변혁이 후 세계 곳곳에서 나타나고 있었기에 쉽게 볼 수 있을 것이라 예상했지만 그것은 오산이었다.

다른 사람들과 달리 지금까지 한 번도 오로라를 본 적이 없는데 지금 봐 버린 것이다.

두근! 두근!

쿵쿵쿵쿵쿵!!

S급 진성능력자가 된 후 차분함을 유지하던 심장이 갑자기 급격하게 뛰기 시작했다.

'어쩌면 스승님이 말씀하신 예언이 오늘 이루어질 지도 모르겠구나.'

오로라를 보니 스승님의 예언대로라면 인연이 이어졌다고 할 수 있었기에 마지막 확인을 해보기로 했다.

2차 각성자인 스승님의 본질은 미래를 보는 창이다.

모호하게 미래를 보는 것이 아니라 정확하게 미래를 예언을 할 수 있는 진성능력자시다.

2차 각성을 한 후 스승님께서는 나와 영혼으로 엮어진 존재가 나타날 것이고, 그 존재는 스승님 자신과도 인연이 이어졌다고 말씀을 하셨다.

예언은 항상 쓸 수 있는 것이 아니기는 하지만 말씀하신 것은 반드시 이루어졌기에 스승님의 마지막 말씀에 내 자신을 걸고 모험을 해보기로 했다.

'하지만 어쩌지? 처음인데……'

어느 정도 결심을 굳히기는 했지만 내 첫 번째 키스를 걸고 하는 시도였기에 망설여지지 않을 수 없었다.

"와아아!! 정말 보기 드문 오로라군요."

나처럼 탄성을 지르며 창밖을 바라보는 그를 보며 뭔가 느낌이 왔다.

이 세상 모든 것이 하나인 것처럼 느껴지고 난 후 내 의식 속으로 그가 들어왔다.

"호호호, 정말 기분이 좋네요. 저렇게 찬란한 오로라는 좀처럼 보기 힘든 건데."

정말 환하게 웃는 웃음을 보니 마음까지 설렌다.

"호호호, 저런 오로라를 볼 수 있다니 당신과 만난 것이 아마
도 나에게는 행운이었나 봐요."

"글쎄요……."

"흥! 아니라는 건가요?"

"아, 아닙니다. 아이리스 같은 미인과 이렇게 단둘이 술을 마
시며 오로라를 보다니 저에게도 행운인 거죠."

"호호호, 그렇죠."

"그럼요."

와락!

고개를 끄덕이며 대답을 하는 모습에 나도 모르게 이끌렸고,
그를 껴안으며 키스를 했다.

'아아!!'

그의 입술과 내 입술이 닿는 순간 스승님의 말씀이 무엇인지
깨달았다.

모를 수가 없었다.

내가 가진 일곱 개의 능력 이외에 또 다른 능력이 개방이 되
었기 때문이다.

영혼의 짝을 만나게 되면 봉인되어 있는 능력들이 깨어날 것
이라던 스승님의 말씀이 맞았다.

'특이한 능력들이다.'

살예와 예지라는 새로운 특성이 깨어났다.

미래를 확정적으로 알 수 있는 스승님의 능력보다는 못하지만 미래를 조금이나마 가늠할 수 있는 예지를 얻었다.

그리고 내게 가장 부족했던 무력을 얻을 수 있는 살예까지 얻었다.

'멀티 플레이어 중에서 최고가 되다니……'

S등급은 최소한 3개의 능력을 가진 멀티 능력자가 대부분이다.

지금까지 나타난 진성능력자 중에서 내가 최고로 많은 능력을 가진 것이 아니었는데 이제 최고가 되었다.

나와 같은 수의 능력을 가진 이는 모두 열 명 이었고, 나보다 많은 이는 세 명이었다.

초월의 영역을 넘어 절대자라 불리는 세 명은 모두 여덟 개의 능력을 가지고 있다고 전해지는데 나는 무려 아홉 개의 능력을 가지게 되었다.

'스승님의 예언대로 내게 부족한 것들이 깨어났으니 이 사람이 스승님이 말한 내 영혼의 반려구나.'

반려에 대한 확신을 갖자 입만 맞추고 있음에도 형용할 수 없는 전신에 쾌감이 몰아닥쳤다.

'아아아아!'

그의 혀가 입안으로 들어와 닿는 순간에는 더 이상 생각을 이어나갈 수 없었다.

'나도 이제 어쩔 수 없어.'

창피함도 없이 번식기에 들어간 동물처럼 그의 옷을 벗기고 난 뒤 그와 하나가 되었다.

번쩍!

"아아아아아!!"

그와 하나가 되는 순간, 2차 각성을 할 때 보다 더한 환희가 몰아닥치며 모든 것이 아득해졌다.

그리고 밤새도록 정신없이 사랑을 나누었다.

그다지 크지 않은 침대칸이 더욱 좁아졌지만 뽀얀 살결을 드러내고 있는 그녀의 모습에 아무 생각도 할 수가 없었다.

'내가 이성을 잃고 달려들다니 정말 이상하군.'

자신의 모든 것을 나에게 준 후 까무러치듯 깊은 잠에 빠진 아이리스를 보면서 의문이 들지 않을 수 없었다.

심연의 심안을 가진 내가 정신을 놓아 버리고 이성을 잃은 것처럼 광적으로 그녀의 몸을 탐했다.

'여자의 향기에 취했다고 쳐도 아이리스는 진성으로 각성한 다중능력자인데 어째서 사랑을 나누는 동안 2차 각성 때 같은 모습을 보였던 거지?'

사랑을 나누며 그녀의 몸에서 은은하게 피어오르는 일곱 빛깔의 광채를 봤다.

방금 전에 가라앉은 광채들은 2차 각성할 때 보이는 전형적인 특성이다.

하지만 아이리스는 S급 진성능력자이면서 멀티 능력자다.

2차 각성을 해야만 진성능력자로 가는 길이 열리니 다시 각성을 한다는 것은 있을 수 없는 일이다.

'헛것을 본 모양이군. 그나저나 내가 드미트리가 아니라는 것도 이미 알아낸 것 같은데 어째서 이 여자는 이런 선택을 한 거지?'

사랑을 나누는 도중에 아이리스는 '당신이 누가 되더라도 사랑한다' 고 분명히 말했다.

진짜가 아니라는 것은 아마도 식당 칸에서였을 것이다.

나를 드미트리로 확신했던 눈빛이나 대화했던 내용과는 달리 내가 그가 아니라는 것을 알아냈을 것이다.

'S급 멀티 능력자를 내가 너무 얕본 것 같군. 그래도 감출 수는 있을 것이라고 생각했는데…….. 내 정체를 확실히 알아내지는 못한 것 같기는 하지만 능력을 사용해 드미트리가 아니라는 것을 알아냈다면 중국에 들어갔을 때 심각한 문제가 될 수도 있다.'

S급 능력자를 마주칠지는 모르겠지만 만약 만나게 된다면 문제가 될 소지가 크다.

내가 가진 특성으로도 감출 수 없다면 다른 방법을 생각해야 하기에 고민이 깊어질 수밖에 없는 상황이다.

"으음……."

신음과 함께 깨어난 아이리스가 신뢰가 가득한 눈빛으로 나를 보며 말했다.

"언제 깼어요?"

"조금 전에. …내가 드미트리가 아니라는 것을 알고 있었으면서 왜 이런 거지?"

"호호호, 그것 때문에 이렇게 고민하고 있었던 거예요?"

"나로서는 도무지 이해할 수가 없어서 말이야."

"잠시만 당신 이마를 만져도 돼요?"

아이리스가 한 점의 악의도 없는 미소를 지으며 내게 묻는다.

"이마?"

"그래요."

"그러지 뭐."

S급 진성능력자인 여자다.

내가 거절해도 막무가내로 하고자 한다면 말릴 수 없기에 그냥 허락했다.

아이리스가 내 이마에 손을 얹자 한 사람의 기억이 쏟아져 들어온다.

'그랬군.'

뇌리로 쏟아지는 기억들을 읽으며 나는 그녀가 나에게 한 행동을 이해할 수 있었다.

의식을 조작하는 것이 아니라면 그녀는 내 영혼의 동반자가 틀림없었다.

"이 능력은 전이인가?"

"맞아요. 내가 가진 정보를 다른 이에게 전할 수 있는 능력이에요. 사람뿐만 아니라 기계에게도 전송이 가능하죠. 그리고 손을 대지 않아도 전송이 가능해요."

"그럼 내 이마에 손을 댄 것은 뭐지?"

"다른 존재들에게는 접촉하지 않아도 가능하지만 당신에게는 불가능해요."

"나에게만 불가능하다니 무슨 말이지?"

"내가 가진 전이는 사람의 의식을 파고들 수 있어요. 의식에 간섭을 할 수 있다는 말이죠. 하지만 당신이 가진 존재의 의미는 그걸 불가능하게 해요. 당신이 진짜 드미트리가 아니라는 것을 안 것도 다른 이유 때문이지 제가 가진 능력으로 알아낸 것이 아니에요."

"S급 능력이 2차 각성을 하지도 않은 나에게 불가능하다는 것이 이해가 가지 않는군."

"당신도 제 기억을 읽어서 알고 있듯이 우리는 영혼의 반려에요. 그 말은 당신도 S급의 진성능력자가 될 수 있다는 뜻이죠. 아직 진정한 능력이 깨어난 것은 아니지만 당신이 가진 존재의 의미는 정말 특별한 거라고 할 수 있어요. 당신이 허락하지 않으면 S급 진성능력자라고 해도 결코 넘을 수 없을 만큼 말이죠."

"으음. 그렇군."

무슨 말인지 이제야 이해가 간다.

비록 전투 슈트에 담긴 에너지의 도움이 없으면 스스로 펼치지는 못하지만 2차 각성자가 아닌데도 나는 내 존재의 의미로 인해 능력을 사용할 수 있으니 말이다.

"그런데 당신 진짜 이름이 뭐지? 전에는 알리사였고, 지금은 아이리스니 말이야. 둘 다 이름도 진짜고, 얼굴도 진짜인데 말이야."

"이미 알고 있었군요. 진성능력자가 되기 전에는 알리사라고 불렸어요. 그리고 각성을 한 후에는 아이리스라는 이름을 쓰고 있어요. 아이리스는 스승님께서 제게 내려주신 이름이죠. 그리고 이 얼굴도 마찬가지에요. 식당에서 본 얼굴은 2차 각성을 하기 전의 내 모습이고, 이 모습은 각성한 후의 모습이니 말이죠. 이것도 제 능력 중 하나에요."

"그랬었군. 둘 다 진실된 모습이라서 정말 헷갈렸는데 말이야."

"그런데 드미트리는 어떻게 됐어요?"

"내가 발견했을 때는 절벽에서 떨어졌는지 죽어가고 있더군. 곧바로 포션을 먹이기는 했지만 살리기에는 너무 시간이 늦어버린 바람에 죽고 말았지. 그래도 포션 때문에 마지막 불꽃을 붙잡을 수 있어서 그가 남긴 유언을 들을 수 있었고 말이야."

"그랬었군요. 그래서 블라디보스토크로 가는 거예요?"

"유언으로 몇 가지 부탁을 받아서 가는 중이야. 드미트리의 아버지인 김오 박사가 남긴 것을 대한민국에 가져가 달라고 하더군."

"역시 그랬군요."

"무슨 말이지?"

"스승님께서 남기신 예언대로 드리미트는 당신에게 모든 것을 전했다는 말이에요."

"그 말은 유언 말고 드미트리가 나에게 전한 것이 있다는 뜻인 것 같은데?"

"맞아요. 내가 당신이 드미트리가 아니라는 것을 알아냈는데도 왜 그냥 두었는지 아나요?"

"몰라. 왜 그런 거지?"

"드미트리가 죽은 후에 아마도 당신은 잠깐 정신을 잃었을 거예요."

"맞아! 아주 잠깐이지만 정신을 잃었지."

"드미트리는 그때 유언보다 더 중요한 것을 당신에게 전했어요. 바로 여명의 빛이라는 거지요."

전혀 느끼지 못했었기에 이해가 가지 않았다.

'드미트리를 만나고 있었을 때는 분명히 심안을 사용하고 있었다. 그의 말이 진실인지 알아야 할 필요성이 있었으니까. 그런데 내가 여명의 빛이라는 것을 받았다니 모를 일이다. 그런 낌새는 전혀 없었는데, 혹시!'

드미트리로부터 받은 것이 있었기에 물어보기로 했다.

"여명의 빛이라니, 이 펜던트 인가?"

"그건 아니에요. 여명의 빛은 물질적인 것이 아니에요."

"물질적인 것이 아니라니, 그럼 뭐지?"

"여명의 빛은 말로는 설명을 할 수 없는 거예요. 나도 스승님을 통해서 배운 방법으로 겨우 알아만 볼 수 있을 뿐이니까요."

"그러니까 아이리스는 그 여명의 빛이라는 것을 그냥 느낌으로 안다는 거로군."

"맞아요. 여명의 빛이 무엇에 쓰는 것인지는 잘 모르지만 아주 중요한 거라고 들었어요."

"나도 모르는 사이에 중요한 것을 전해 받았다니, 도대체 무슨 일인지 모르겠군."

"고민할 필요 없어요. 드미트리가 대한민국에 전하려고 한 것과 관련이 있을 테니까 말이죠."

"유언으로 남긴 것 말이야."

"그래요. 드미트리가 대한민국에 전해달라고 유언을 남기기는 했지만, 당신이 여명의 빛이 주인이 된 이상 스승님이 남기신 유진은 바로 당신 거예요."

드미트리는 아버지가 남긴 것을 대한민국에 전해 달라고 했는데 황당한 이야기였다.

제 6 장

여명의 빛이라는 것을 전해 받고, 대한민국에 전해달라고 했던 것의 주인이 되었다니, 도통 무슨 소리인지 모르겠다.

아무래도 이야기를 좀 들어야 할 것 같다.

"당신 스승님께서 남기신 것이 내 것이라니, 그건 또 무슨 말이지?"

"스승님이 남기신 것은 여명의 빛을 가진 자가 아니면 사용할 수 없다고 들었어요. 그러니까 당신 것이죠."

"드미트리가 여명의 빛을 나에게 전한 것도 그의 아버지가 남긴 것을 사용하기를 바란 건가?"

"아마도 그럴 거예요. 드미트리는 스승님이 남기신 것을 사용하기 위해서 여명의 빛이 필요하다는 것을 알고 있었을 테니까요."

"김오 박사가 남긴 유진이라는 것이 아주 중요한 것 같은데 처음 본 사람에게 그런 것을 전하다니, 드미트리의 결정이 이해가 되지 않는군."

"믿어야 할 거예요. 그건 드미트리 혼자서 내린 결정이 아닐 테니까 말이죠."

"그건 또 무슨 말이지? 이야기를 들을수록 감춰진 것이 많은 것 같군."

"스승님께서 말씀하신 바로는 여명의 빛은 스승님의 혈족이거나 인연이 있는 자를 찾아 깃든다고 했어요. 그러니 드미트리도 여명의 빛이 발하는 의지에 따라 당신을 인연자로 선택했을 거예요. 독단적이었다면 그렇게 쉽게 전할 수 없었을 테니까 말이죠."

"아이리스 말이 사실이라면 정말 재미있는 일이로군."

"믿으셔야 할 거예요. 모든 것이 사실이니까요. 그런데 앞으로 어떻게 할 거예요? 스승님의 유진을 찾으러 갈 건가요?"

"으음, 내 것이라고 하고. 아주 중요한 것 같으니 찾으러 가야 하겠지. 그럼 당신은?"

"스승님의 희생으로 2차 각성을 한 후에 한 가지 맹세를 했어요. 여명의 빛을 가진 존재를 끝까지 지키겠다는 맹세였죠. 맹세도 맹세지만 영혼의 반려로서 당신을 지킬 거예요. 어때요,

인정?"

한 번 눈을 깜빡인 후 나를 바라보는 아이리스다.

그녀와 하나가 됨으로서 심연의 심안이 성장했기에 굳이 사용하지 않더라도 곧바로 알 수 있었다.

그녀의 뜻이 진실임을 말이다.

그리고 예상치 못한 인연으로 만난 사이지만 이미 나와 하나가 된 여자다.

"알았어. 내 반려라는 것을 인정하지."

툭!

"휴우~! 걱정 했잖아요."

내 말투에서 영혼의 반려로서 인정했다는 것을 느낀 것인지 눈을 흘기며 내 가슴을 살며시 친다.

'정말 예쁘군.'

내 사람으로 인정하고 나니 청순하면서도 요염한 아이리스의 모습에 가슴이 달아올랐다.

"아으!!"

나도 모르게 손을 올려 가슴을 쥐자 그녀가 얼굴을 붉히며 신음을 지른다.

쪽!! 쪽!

얼굴보다 더 붉은 그녀의 입술에 열렬한 키스를 퍼붓고, 나는 또다시 그녀와 하나가 되었다.

❖　　❖　　❖

시간이 지나 블라디보스토크에 도착했다.

여행을 위한 특급열차라서 그런지 아이리스와 하나가 된 후 이틀간의 기차여행은 무척이나 즐거웠다.

영혼의 반려를 만나 신혼여행을 하는 것이나 다름 것이었기에 더욱 즐거웠는지도 모르겠다.

하지만 블라디보스토크 역에서 시내로 나가는 순간, 즐거움이 반감되었다.

'일이 터진 모양이군.'

분위기가 무척이나 수상했다.

블라디보스토크는 한반도 북쪽 동해의 아무르 만과 우수리 만 사이로 뻗어 있는 반도 서쪽에 졸로토이 만을 감싸듯이 자리 잡고 있는 도시다.

블라디보스토크는 1860년 러시아 군사기지로 세워지면서 도시가 형성되었는데, 대한민국과의 전면전 이후 전략적 요충지로 변했다.

대부분 군인과 가족들이기는 하지만 인구가 계속해서 유입되고 있는 러시아의 신흥 성장 도시였는데 분위기가 무척이나 싸늘했다.

민간인들보다 군인들이 훨씬 많이 보이는 것도 그렇고, 곳곳에서 느껴지는 날선 에너지의 흐름들이 사람을 긴장하게 만들고 있었다.

— 뭔가 벌어질 것 같은 분위기예요.

아리가 텔레파시를 보내왔다.

아이리스가 애칭으로 불러달라고 해서 어감이 좋아 어제부터 아리로 부르고 있다.

— 그런 것 같아. 일단 생필품을 좀 사고 안가로 가자고.

— 그래요.

곧바로 역 근처 잡화점에 들어 당분간 머무는데 필요한 생필품들과 먹을 것들을 사고는 택시를 대절해 드미트리가 이야기해 준 안가로 갔다.

우리가 찾아 온 안가는 블라디보스토크 외곽에 위치한 제법 큰 저택이었다.

"여긴가요?"

아리도 처음 와 본 듯 주위를 두리번거리며 묻는다.

드미트리, 정확하게 말하자면 여명의 빛이라는 것을 가진 존재를 지킬 것을 맹세한 아리도 이 안가는 모르고 있었다.

"드미트리가 말해 준 집이 맞는 것 같아. 일단 들어가 보자고."

"그래요."

철제로 만들어진 문에 드미트리가 내게 준 열쇠를 꽂았다.

마법으로 인식 장치가 되어 있는 것이라서 내가 가지고 있는 열쇠가 아니면 열리지 않는 문이다.

끼이익!

경첩이 울리는 비명을 뒤로 하고 우리는 둘 다 양손에 짐을 가득 든 채 안으로 들어갔다.

커다란 정원을 지나 건물에 도착한 후 다시 열쇠로 문을 열고 안으로 들어갔다.

"저택이 제법 큰데 어디로 가면 돼요?"

"삼 층이라고 했어."

"그럼 물건들은 여기다 놓고, 삼 층부터 둘러봐요."

드미트리가 내게 말해준 장소는 안가의 3층 오른쪽 끝에 있는 방이었기에 생필품들과 먹을 것들을 중앙 계단 옆에 놓고 곧바로 올라갔다.

3층 오른쪽 끝에 있는 방에 도착한 후 철제 대문과 저택 문을 열었던 열쇠를 꽂고 문을 열었다.

그곳은 서재였는데, 창문 쪽을 제외하고는 책상도 없이 온통 서가로 이루어진 곳이었다.

"으음, 장서가 상당하군."

"공간왜곡장이 걸려 있어요. 저택의 규모로 봤을 때 저만 한 책들을 보관할 수 없을 테니 이곳에 공간 왜곡 마법이 걸려 있는 것 같아요."

"맞는 말이야. 공간 왜곡 마법이 아니면 이 정도의 장서를 보관할 수는 없겠지."

아리의 말대로 이곳에는 공간 왜곡 마법이 걸려 있다.

대충 봐도 수백만 권이 넘어 보이는 장서들이라 이 저택을 통째로 도서관으로 꾸민다고 해도 다 수용할 수 없는 양이니 말이다.

　'하지만 어째서……'

　사실 이곳에 펼쳐진 공간왜곡장을 보고 많이 놀랐다.

　드미트리와 그의 아버지는 나와는 연관이 없는 사람인데 이런 패턴의 공간왜곡장은 본적이 있어서다.

　'혹시 드미트리의 아버지인 김오 박사가 아버지나 큰아버지와 연관이 있었던 건가?'

　이런 생각이 든 이유는 이곳의 공간 왜곡 마법은 아버지와 큰아버지가 사용하시는 비밀 연구실과 거의 같은 패턴으로 만들어진 것이기 때문이다.

　여러 가지 방법으로 공간왜곡장이 만들어지는 상황이지만, 모르는 이들이 똑같은 패턴을 사용한다는 것은 거의 불가능한 일이기에 의심이 들지 않을 수 없다.

　'한국으로 돌아가게 되면 김오 박사에 대해 아버지께 여쭤보자.'

　같은 패턴을 사용한다는 것은 동류의 마법을 익히고 있다는 소리나 마찬가지다.

　아버지가 러시아에서 유학을 했으니 혹시나 김오 박사를 알고 있는지 물어봐야 할 것 같다.

　"스승님께서 이곳에 대해서는 한 번도 말씀해 주시지 않았는데 조금 서운하네요."

"너무 서운해 하지 마. 돌아가시지 않았다면 아리에게도 알려 줬을 테니까 말이야."

팔짱을 끼고 있는 그녀의 뺨을 쓸어내리며 서운함을 다독여 줬다.

"알았어요. 어차피 당신이 제게 알려주고 있으니 그건 상관하지 않을 게요. 그런데 이만 한 공간이면 드미트리가 가져가라고 한 것을 찾기가 힘들겠어요."

아리가 공간왜곡장을 둘러보며 곤란한 표정을 짓는다.

"그건 그리 어렵지 않아. 이곳에 비밀리에 만들어진 공간이 있다고 했으니까 말이야."

"그래요? 공간왜곡장이 펼쳐진 것을 보고난 후부터 계속해서 살펴보고 있지만 비밀 공간 같은 것은 도무지 느껴지지가 않던데. 어디에 비밀 공간이 있다는 거죠?"

"아리가 아무리 S급 진성능력자라고 해도 여기에 있는 비밀 공간은 쉽게 찾을 수 없는 거야."

"흥! 잠시만 기다려 봐요."

내 말에 승부욕이 돋았는지 아리의 몸에서 에너지가 흘러나와 공간왜곡이 걸려 있는 서가를 빠르게 훑어 나갔다.

"으음, 정말 이상하네요. 공간왜곡장이 이곳에 펼쳐져 있는 것은 확실하지만 비밀 공간은 도저히 찾을 수가 없어요. S급 탐지 능력을 가진 나도 알 수 없는 비밀스러운 공간이라니 놀라운 일이에요."

"하하하!"

입술을 내밀며 볼을 부풀리는 모습이 정말 귀여워 나모 모르게 웃음이 나왔다.

"왜 웃어요?"

"아리가 너무 예뻐서."

"예쁘다고 해준 것은 고맙지만 기분이 조금 나빠지려고 하네요."

자기가 어떤 모습을 하고 있었는지 알아차렸는지 눈을 흘긴다.

조금 전과는 또 다른 예쁨이 뚝뚝 떨어진다.

"여기에 있는 비밀 공간은 공간 왜곡 마법진을 이용한 트릭으로 만들어진 것이라서 비밀을 알고 있지 않는 한 아리라고 해도 쉽게 알아내지 못하는 거야."

"트릭이요?"

"잘 봐."

아리의 눈이 반짝거리는 것을 보며 에너지의 흐름을 통해 심안으로 찾아낸 것을 행동으로 옮겼다.

아무리 심안이라고 해도 에너지 패턴에 대해 알지 못하면 찾아낼 수 없는 방법으로 말이다.

우선 출입구의 오른쪽과 왼쪽 맨 첫 번째 서가에서 책을 하나씩 반쯤 꺼내 걸쳐놨다.

오른쪽은 위에서 아홉 번째, 왼쪽은 아래에서 아홉 번째 칸에 꽂혀 있던 책들이다.

그 다음은 두 책을 양손으로 잡았다.

철컥!

슈—우우!

미세한 소음과 함께 공간왜곡장이 줄어들면서 벽을 가득 메웠던 서가와 책들이 사라지기 시작했다.

"성찬 씨! 안돼요."

아리가 놀라며 내 팔을 잡는다.

"공간왜곡장이 사라진다고 해서 책들이 사라지는 것은 아니니까 걱정하지 않아도 괜찮아."

"정말이요?"

"공간왜곡장의 흐름에 아공간을 겹쳐 놓은 것이라 왜곡장이 풀리면 책들은 곧장 아공간으로 수납되니 말이야."

"그러니까 방금 전에 있던 서재는 아공간을 펼쳐 놓은 거란 말이군요."

"맞아. 그러니까 아리라고 해도 비밀 공간을 찾을 수 없는 거야. 여기에 있는 비밀의 공간은 마법이 펼쳐져 있지 않은 본래의 곳을 가리키는 것이니까 말이야."

"아아! 공간 왜곡을 해제시키지 않는 한 절대 찾을 수 없는 거군요. 하지만 사물의 기억을 읽는 각성자라면 찾아낼 수 있지 않을까요?"

"그것도 염려할 것은 없어. 이곳에 펼쳐진 공간왜곡장은 사이코 메트라나 정령의 기억까지 감안하고 만들어진 것이니까 말이야."

"그렇군요."

서가가 거의 다 사라지자 대략 방 하나 크기의 공간이 나타났다.

그리고 서가는 아예 없고 처음에는 보이지 않던 책상만 하나 덩그러니 있었다.

"아리, 드미트리가 내게 대한민국으로 가져가라고 한 것이 바로 저건가?"

나는 책상위에 놓여 있는 작은 나무상자를 가리켰다.

"궁금해요. 빨리 뭔지 봐요."

"그래."

아리와 함께 책상으로 다가가 나무 상자를 열었다.

"주머니로군."

"이상해요. 달랑 주머니 하나라니. 뭔가 들어 있는 것 같아요."

검은색의 주머니가 상자 안에 있었는데 뭐가 들어 있는 듯 아리의 말대로 묵직해 보였다.

상자에 있는 검은색 주머니를 펼쳐 안에 들어 있는 것들을 꺼냈다.

"이건?"

"으음."

내용물을 보는 순간, 이 세계에는 도저히 있을 수 없는 것들이었기 때문에 우리 둘 다 놀라지 않을 수 없었다.

"성찬 씨, 이거 내가 생각하는 그게 맞죠?"

아리가 눈을 동그랗게 뜨고 나에게 묻는다.

"맞는 것 같아."

"스승님께서 이런 것을 가지고 계셨다니 실감이 나지 않네요. 이것들은 다른 차원에서도 구하기가 거의 불가능하다고 알려져 있는 건데 말이죠."

"그러게. 지고의 존재들이 가진 모든 것이라 할 수 있는데 여기에 있다니 나도 놀랐어."

"이것들을 대한민국으로 가져가는 것도 쉽지는 않을 텐데 걱정이네요."

"방법이 있을 것도 같아."

"정말이요? 이것들이 내뿜고 있는 에너지 흐름들은 너무 강력해서 봉인이 불가능한데 감출 방법이 있어요?"

"잠깐 기다려봐."

꺼내기 전까지는 이런 것이 들어 있는 지 전혀 알지 못했으니 이 주머니가 에너지 흐름을 완벽히 차단을 하고 있었다는 뜻이었다.

'만약을 생각해 뭔가 남겼을 것이다. 그렇다면 이 특별한 주머니에 대해서도 설명해 놓은 것이 있을 테지……'

주머니를 꺼낼 때 나무 상자의 바닥 부분이 이상하다는 것을 느꼈기에 살펴봤다.

상자 뚜껑은 벽을 이루는 나무들과 두께가 같은데 상자의 벽을 이루는 나무들보다 바닥면의 두께가 더 두꺼웠다.

'여기로군.'

못을 이용하지 않고 요철을 이용해 나무를 겹쳐서 만든 상자라 뭔가 이질적인 것이 없어야 정상인데 상자 바닥의 모서리 부분의 이음새의 색이 미세하지만 차이가 났다.

상자 네 귀퉁이의 이음새로 양손을 집어넣어 손가락으로 동시에 만졌다.

철컥!

잠금장치가 풀리는 소리와 함께 상자 바닥의 중간이 길게 갈라지며 옆으로 말려 들어갔다.

그 안에서 나타난 것은 놀랍게도 작은 크기의 수첩이었다.

"성찬 씨, 수첩이네요. 스승님이 남기신 것 같으니 일단 한 번 살펴보는 것이 좋을 것 같아요."

"알았어."

첫 장을 펼치자 주머니에 대해 설명하는 내용이 나왔다.

읽으면서 놀라지 않을 수 없었다.

안에 들어 있는 내용물도 대단한 것이지만 이 주머니도 그에 못지않게 대단한 것이었다.

"우와! 에너지 흐름을 완전히 차단할 수 있다니 정말 대단하네요. 거기다가 귀속까지 가능하니 믿을 수가 없네요."

이 작은 주머니가 최소한 축구장 100개보다 넓은 아공간을 만들어 낼 수 있다고 한다.

거기다가 에너지를 차단할 수 있는 기능까지 가지고 있어서 정말 굉장한 물건이다.

심장 안에 7개의 고리를 가지고 있는 7서클의 마법사가 되어야 만들어낼 수 있는 것이 아공간이지만, 에너지 흐름을 원천적으로 차단할 수는 없다.

아주 미미한 양이지만 아공간 자체를 유지하기 위해 에너지인 마나를 소모하기 때문이다.

그런데 이 아공간 주머니는 자체적으로 유지할 수 있어 그런 것이 전혀 없다.

더군다나 아공간은 타인에게 양도할 수 없는 것인데 이것은 양도가 가능하다.

자신의 의지를 불어넣어 에고를 활성화시키기만 하면 누구에게나 귀속이 가능하니 가히 레전드급 아티팩트라고 할 수 있다.

"뭐해요. 자기! 어서 빨리 귀속시켜요."

"알았어."

'최대한 빨리 인식을 시키라고 한 것을 보면 귀속되지 않으면 에너지 흐름을 차단하지 못하는 것 같구나. 서둘러야겠다.'

주머니에서 꺼낸 것들을 다시 집어넣고는 양 손바닥 안에 들어가도록 잡았다.

― 커넥트! 채널 접속!

명령을 내리자 손등의 피부 안에 삽입한 스킨 패널의 채널이 열리며 주머니의 마법진과 연결이 되기 시작했다.

그렇게 접속이 완료되자 양손 안에 있던 주머니는 완전히 사라지고 없었다.

그리고 내 의식으로 만들어진 마법 주머니의 에고가 인식이 되었다는 것을 알려왔다.

― 마스터에 대한 인식이 완료되었습니다.

― 네 이름은 뭐지?

― 아직 부여 받은 이름이 없습니다.

― 그럼 스페이스라고 부르도록 할게.

― 감사합니다, 마스터. 그럼 부속 공간들을 통합할까요?

― 부속 공간?

― 기본 공간 외에도 주변에 추가로 장착할 수 있는 아공간이 있습니다.

― 그래. 그렇게 하도록 해.

조금 전에 서가를 집어 삼켰던 아공간을 말하는 것 같아 승낙을 했다.

― 알겠습니다, 마스터. 그럼 서브 공간을 장착하겠습니다.

― 얼마나 걸리지?

― 허락을 하시는 순간, 이미 장착을 끝냈습니다.

― 대단하군. 추가로 장착할 수 있는 것은 어떤 아공간이든

가능한 건가?

— 아닙니다. 반경 100미터 이내 있어야 하고, 아공간을 유지하는 의지가 사라진 것만 가능합니다.

— 그렇군. 이만 접속을 해제하지.

— 알겠습니다. 마스터의 편의를 위해 상시 유지하는 출납 기능만 남겨 두고 접속을 해제하겠습니다. 출납을 하실 때는 원하시는 이미지를 떠올리시고 '소환' 과 '수납.' 이라는 명령어를 사용하시면 됩니다.

— 알았다.

아리에게 아공간 주머니에 대해 물어 볼 것이 있기에 곧바로 접속을 해제를 했다.

"어때 에너지 흐름이 느껴져?"

"아니요. 자기에게 아공간이 있다는 것이 전혀 느껴지지 않아요."

"S급 능력자인 아리도 알 수 없다면 정말 괜찮은 아티팩트로군."

"그래요. 자기한테 도움이 많이 될 거예요."

"그런데 미안해서 어쩌지?"

"걱정하지 말아요. 자기가 가진 것보다 못하기는 하지만 나도 아공간을 가지고 있으니 말이죠. 표출되는 에너지가 소수점 열 자리 아래 정도라 웬만해서는 들킬 염려도 없어요."

"소수점 열 자리 아래라고?"

"그래요. 초월자나 절대자급이 아니면 절대 알 수 없으니 그리 나쁜 것은 아니에요."

그리 나쁜 것이 아니라 아주 좋은 것이다.

대부분의 아공간에서 표출되는 에너지의 양이 소수점 아래 두 자리에서 머물고 있는 것이 대부분이니 말이다.

"그럼 이제 머물 신혼집을 살펴볼까?"

"호호호, 그래요. 필요한 조치를 마치려면 당분간은 블라디보스토크에 머물러야 하니 우리가 살 신혼집부터 살펴봐요."

방을 나와 3층에 있는 방들부터 살폈지만 대부분 뭔가를 보관하는 수납장 형태의 공간으로, 침실은 하나도 없었다.

2층에는 침실들과 함께 거실이 있었는데, 집기들을 커버로 씌워 놓은 것이 오랜 동안 사용하지 않은 것으로 보였기에 1층으로 내려갔다.

중앙 계단을 내려와 뒤쪽으로 돌아 살펴보니 중앙에는 커다란 응접실이 있었고, 왼쪽에는 식당을 겸한 주방, 그리고 오른쪽에는 저택의 주인이 머무는 침실과 욕실이 있었다.

"당분간은 1층에서 머무는 것이 좋을 것 같네."

"그나마 관리가 잘 되어 있는 것 같네요. 청소만 하면 머물기 딱 좋을 것 같아요."

"먹을 것들도 보관해야 하니 우선 주방부터 가자고."

"그래요."

생필품과 먹을 것들을 들고 주방으로 들어갔다.

주방에 커다란 냉장고가 있었는데, 안은 비어 있었지만 다행스럽게도 전기가 들어오고 있어 음식을 만들 재료들을 보관할 수 있었다.

진성능력자인 아리가 있어서 집안 청소는 그다지 어렵지 않았다.

2층의 침실처럼 침대와 집기들 대부분은 커버를 씌워 놓아 아리의 능력으로 먼지만 걷어내면 되었기 때문이다.

간단하게 청소를 끝내고 난 뒤에 아리와 함께 음식을 만들었다.

삘메니라는 러시아식 물만두와 쌀란까라는 러시아식 국 같은 것이었는데, 만들기가 그리 어렵지 않았다.

아리의 요리 솜씨는 제법 훌륭한 것이어서 끓는 물에 데친 삘메니는 아주 담백했고, 육개장 비슷한 쌀란까는 아주 얼큰해서 맛있게 먹을 수 있었다.

식사를 마치고 홍차를 마신 후에 욕실로 가서 다정하게 양치를 하고는 침대에 누웠다.

"아리가 그렇게 요리를 잘 할 줄은 몰랐어."

"그럼 어떻게 생각했는데요?"

아리는 입술을 내밀며 묻는다.

"진성능력자라서 그동안 수련만 했을 줄 알았지, 뭐."

"아니네요, 뭐. 모든 음식은 전부 제가 직접 만들어 먹었어요. 제 꿈이 현모양처라서 말이죠."

"현모양처도 알아?"

"제 스승님이 고려인이라는 것을 잊었어요? 고아인 저를 키워 주신 분이 바로 스승님이에요. 그리고 쉐프를 하셔도 될 만큼 요리 솜씨도 아주 훌륭하셨어요."

"그렇구나. 정말 감사드려야겠네."

"자기는 땡 잡은 거예요."

"호오!"

재미있는 말투에 눈을 반짝이며 바라보는 모습이 여간 예쁘지가 않다.

쪽!

"아이, 잠깐만요."

입술을 맞추며 품에 안으려 하자 아리가 나를 밀어낸다.

"왜?"

싫어서 그러는 것이 아닌 것임을 느꼈기에 물었다.

"아까 시장에서 물건을 살 때 살펴보니 블라디보스토크의 상황이 심상치 않은 것 같아서 그래요."

아리와 신혼여행이나 다름없는 이 시간을 즐기고 싶었으나, 아리 말대로 블라디보스토크의 분위기가 심상치 않으니 아무래도 앞으로 어떻게 할지 의논을 해야 할 것 같다.

"나도 약간 느끼기는 했는데, 아무래도 전쟁을 준비하는 것 같지?"

"그런 것 같아요. 그러니 움직이는데 조심을 해야 할 것 같아요. 러시아가 전쟁을 준비하고 있다면 그런 나라는 하나뿐이니까요."

"쉽지 않은 전쟁이 될 텐데 이렇게 노골적이라면 뭔가 있는 것 같아."

"그런 것 같아요. 대한민국의 전력을 생각하면 쉽게 전면전을 벌이기 어려우니까요."

10여 년 전에 러시아와 대한민국은 전면전에 가까운 전쟁을 치렀다.

사할린을 전격적으로 점령하고 연해주로 곧장 진격한 대한민국의 공격은 아주 매서운 것이었다.

이면에서는 다수의 진성능력자가 동원되었던 터라 당시의 러시아로서는 절대 막을 수 없는 것이었다.

그로 인해 러시아는 아무르 강 남쪽 지역과 사할린 섬을 대한민국에게 빼앗겼다.

그나마 남아 있는 것은 한중전쟁 당시 은근슬쩍 차지한 항카호와 블라디보스토크 지역뿐이었다.

시베리아 횡단철도 노선을 중심으로 방어에 힘을 기울이기도 했지만, 미국과 일본이 적극적으로 개입해 휴전을 중재했기에 그나마 겨우 지킬 수 있었던 것이다.

'언젠가는 전쟁이 나기는 할 테지만…….'

사실 러시아와 통합대한민국의 2차 전쟁은 어느 정도 예측이 되고 있는 실정이다.

중국이 러시아와 손을 잡은 후, 잃어버린 영토를 회복하기 위해 오래 전부터 움직이기 시작했으니, 러시아라고 가만히 있지는 않을 테니 말이다.

시가지를 오가는 군인들의 수가 상당히 많았다.

무엇보다 진성능력자로 보이는 존재들이 내뿜는 에너지가 도시 전역에 가득한 것을 보면서 전쟁의 기운을 무르익고 있음이 분명했다.

'뭔가 전운을 부르는 사건이 벌어진 것이 분명하다.'

탈출 루트를 점검하기 위해 몇 개월 전에 잠입을 했던 블라디보스토크와 지금은 많이 달랐다.

이 정도로 험악한 분위기는 아니었으니 급작스럽게 분위기가 변했다는 것을 뜻했다.

'중국과 러시아의 진성능력자 수가 많이 늘었다고는 해도 아직은 어려울 텐데, 역시 그 사건들과 관련이 있는 건가?'

대변혁 이후 대한민국은 통합과 함께 무서울 정도로 엄청난 변화가 일어났다.

중국에 이어 러시아와의 전쟁을 끝내고 강대국 반열에 올라선 이후로 그 변화는 더욱 엄청났다.

잘 알려져 있지는 않지만 두 나라와 다시 전면전을 치른다고 해도 지지 않을 만큼 강력한 전력을 보유하고 있는 것이 지금의 대한민국이다.

중국과 러시아도 그걸 모르지 않을 텐데 전면전을 치르기 위해 준비에 돌입했다는 것은 그만한 자신이 있지 않는 한 있을 수 없는 일이다.

'아리의 생각을 한 번 들어볼까?'

지금 가지고 있는 정보로 판단했을 때 가능성은 하나뿐이었기에 S급 진성능력자인 아리가 어떤 판단을 하고 있는지 물어보고 싶어졌다.

"아리는 어떻게 생각해?"

"대한민국에게 이길 자신이 있는 것만은 분명해 보이니 무엇인가 믿을 만한 것이 있을 것 같아요. 그런 전제를 두고 생각해 봤을 때 가능성은 하나뿐이에요."

"으음, 그게 뭘까?"

"정말 모르는 거예요?"

"뭐 이유야 하나뿐이겠지. 대한민국의 진성능력자들을 능가할 수 있다는 확신 말이야."

"맞아요. 기존 군사력이 어마어마해도 진성능력자 전력에서 앞설 자신이 없는 한 쉽게 전쟁을 일으키지 못해요. 하지만 의문이 드는 것은 진성능력자는 그리 쉽게 탄생하는 것이 아니라는 거예요. 어쩌면 자기가 해왔던 일과 관련이 있을 수도 있어요."

"아리도 그렇게 생각하고 있었군."

영혼의 반려에게 거짓말을 하고 싶지 않았기에 블라디보스토크로 오는 동안 아리에게 내 정체에 대해서 어느 정도 알려쳤다.

"철저하게 묻혀 있지만 자기가 말해 준 일들이 러시아에서도 일어나고 있는 것이 틀림없어요. 이질적인 에너지가 흐르는 게이트가 열리는 것을 저도 느낀 적이 있으니까요. 세쌍둥이 대차원들이 아닌 다른 대차원의 게이트를 열고 그것을 통해서 진성능력자를 기를 수 있는 방법을 찾아낸 것이 분명해요."

"그렇겠지? 그게 아니라면 전면전을 준비하고 있을 이유가 없을 테니까 말이야."

"이제 어떻게 할 거예요?"

아리가 걱정스러운 표정으로 묻는다.

"우리가 별다르게 할 일은 없을 거야. 진성능력자를 양산할 수 있다고 해도 러시아가 대한민국과 전쟁을 일으키는 것이 그리 쉽지는 않을 테니까 말이야."

"뭐가 있나 봐요?"

"맞아. 아까 시가지에 있을 때 아주 익숙한 에너지 흐름을 몇 개 느낄 수 있었어. 내가 느낀 것이 확실하다면 대한민국에서도 이미 움직이고 있는 것이 분명해."

"대한민국에서 이미 알고 움직이고 있다고는 해도 전쟁을 막지는 못하지 않을까요?"

"아니야. 내가 느낀 것이 맞는다면 그들이 움직이고 있는 것이 확실해. 내가 알고 있는 그들이 움직인 이상, 다른 대차원의 게이트를 열어 진성능력자를 양산할 수 있다고 해도 전쟁을 일으키지는 못할 거야. 그전에 철저하게 응징이 가해질 테니까."

"자기가 말하는 그들이 누구예요?"

"나도 정체는 확실히 몰라. 세상에 알려진 존재들이 아니니 말이야. 하지만 그들 하나하나가 S급 진성능력자야. 블라디보스토크에서 느껴지는 수는 겨우 셋이지만, 그들이 속한 집단의 S급 진성능력자의 수가 30명을 훨씬 넘는다고 들었으니 다른 이들도 준비를 하고 있을 거야."

"세, 세상에나!!"

아리가 저렇게 놀랄 만도 하다.

지금까지 대한민국이 보유하고 있는 S급 진성능력자는 열 명이라고 알려져 있다.

감춰진 전력이 있다고 해도 채 열 명이 되지 않을 것이라고 다들 생각하고 있다.

그런데 예측되는 것 말고도 전략병기나 마찬가지인 S급 진성능력자가 30명이 넘게 숨겨져 있었다니 도저히 믿을 수 없는 일일 것이다.

"믿기지 않을 테지만 사실이야."

"정말 대한민국은 무서워요. 그만한 전력을 감추고 있다니 말이에요."

고개를 절레절레 젓고 있는 아리를 보며 그것이 전부가 아닐지도 모른다는 사실은 말해 줄 수는 없었다.

어느 정도 마음이 진정된 듯 아리가 물었다.

"그럼 자기는 예정대로 움직이는 건가요?"

"당장은 움직이기 힘들겠지만 분위기로 봐서는 조만간 정리가 될 테니, 상황을 봐서 움직이려고 해."

중국에서 센터와 관련한 일들을 알아내는 것이 급하기는 하지만 서두른다고 될 일도 아니기에 여유를 가져야 한다.

급하게 처리하다보면 파탄이 드러날 수도 있기에 조심스럽게 움직일 생각이다.

"그럼 블라디보스토크에 며칠 머무를 수도 있겠네요."

"맞아. 우리는 중국으로 갈 준비를 하면서 신혼을 즐기기만 하면 되는 거야. 흐흐흐."

"웃음이 너무 응큼해요."

"흐흐흐, 맞아. 나 응큼해."

음흉한 미소를 지으며 껴안자 아리가 눈을 흘긴다.

"아—이!! 어제 밤새 괴롭혀 놓고. 또요?"

"우리 신혼이잖아."

"자기는 정말 짐승이야!"

"하하하! 맞아. 난 짐승이야."

"아아아!"

뺨에 이어 쇄골에 키스를 하니 아리의 탄성이 귓가를 간지럽힌다.

으스러질 듯 나를 껴안는 아리를 보니 오늘밤도 일찍 잠이 들기는 어려울 것 같다.

창문을 가리고 있는 블라인드 사이로 비치는 햇빛에 눈을 떴다.

'정말 열정적인 여자야.'

열차 침대칸에서는 숨을 죽이며 환희를 참아 내던 아리는 족쇄가 풀린 듯 밤사이 열정적으로 자신을 표출했다.

열정이 깊어갈수록 아리와 하나가 되어 가는 것을 느끼며 나 또한 내 안에 숨어 있는 욕망을 감추지 않았다.

'그나저나 너무 늦었군.'

눈을 흘기던 것과는 달리 놓아주지 않는 아리로 인해 새벽에 서야 잠이 들었기에 조금 늦은 시간이었다.

아리가 깨지 않도록 조심스럽게 침대를 나와 주방으로 향했다.

S급 능력자임에도 잠이 깨지 않는 것을 보니 어지간히도 나를 신뢰하는 것 같아 기분이 좋았다.

"힘이 들었을 테니 먹기 쉽고 열량이 높은 것으로 준비를 해 보자."

밤새 사랑하느라 지쳤을 아리를 위해 음식을 만들어 줄 생각이다.

에그 스크램블을 만들고, 잘게 찢은 빵을 버터를 바른 펜에 구워 올려놓은 후 바짝 구운 베이컨과 구운 토마토를 곁들었다.

거기에다 우유 한 잔이면 간단하지만 영양 만점의 아침 식사가 될 터였다.

만든 음식을 조심스럽게 쟁반에 놓고 침실로 가서 창가 옆에 놓인 다탁에 올려놓은 후 아리에게 갔다.

쪽!

"으음."

"어서 일어나."

"아함! 잘 잤어요?"

"하하하, 누가 밤새 괴롭히기는 했지만 아주 잘 잤지."

"너무해요."

"햇빛이 참 좋아. 시간이 좀 지나기는 했지만 어서 아침 먹어."

"당신이 아침을 만들었어요?"

"그래. 간단하게 만들었어."

"기분 좋은데요. 하지만 일단 씻고요."

"지금 이대로도 예뻐. 그리고 씻는 건 아침 먹고 나랑 같이 하자고."

"좋아요. 하지만 자긴 너무 음흉해요."

"크크크. 어서 먹자."

아리의 손을 잡고 일으켰다.

실오라기 하나 걸치지 않은 모습이지만 부끄럼 없이 내가 이끄는 대로 다탁에 딸린 의자에 앉았다.

부끄러운 모습이 분명한데도 당당한 것이 어찌 보면 참 대단한 여자다

침대에서 그대로 나와 음식을 만들러 주방으로 갔기에 나또한 전라이지만 부끄럽지는 않았다.

전라의 두 남녀가 창가에 앉아 식사를 하는 모습을 누가 보기라도 하면 기겁할 일이지만 여기는 그럴 염려가 없다.

집주인이 들어오게 되면 인식 차단 장치가 자동으로 작동하니 말이다.

아리도 그것을 알기에 불안함 없이 내가 만든 음식을 열심히 먹고 있다.

"으음, 정말 맛있어요. 간단한 것 같지만 맛을 내기 어려운 요리인데, 배운 거예요?"

"내 사촌형이 좀 미식가라서 말이야."

"아, 같이 일하신다는 아주버님이요?"

"아리도 그런 말을 알아?"

"그럼요. 비록 당국에서는 꺼리지만 한류 드라마가 러시아에서도 선풍적인 인기인데요. 스승님 영향도 있고요."

"하하하, 아리에게 이런 면이 있다는 것을 알면 형이 무척 좋아할 것 같아."

"저……."

내 말에 포크를 놓으며 갑자기 아리가 말끝을 흐렸다.

"왜?"

"스승님께서 저에 대해서는 자기만 알고 있어야 한다고 했어요."

"나만?"

"그래요. 자기가 2차 각성을 하고 진성능력자가 되기 전까지는 그 누구도 저에 대해서 알아서는 안 된다고 말씀하셨어요."

"뭔가 이유가 있나 본데?"

"왜 그런지는 말씀을 해주시지 않으셨고, 나중에 저절로 알게 될 거라고만 하셨어요."

"그분이 그렇게 말씀하셨다면 이유가 있겠지. 알았어. 나중에 형이 알게 되면 조금 서운해 하기는 하겠지만 어쩔 수 없지."

지금까지 일로 봤을 때 보통 사람이 아니다.

아리의 말대로 하는 것이 좋을 것 같아서 고개를 끄덕이며 동의했다.

"어서 먹자. 나가서 알아볼 것들이 많으니까 말이야."

"그래요."

서둘러 식사를 끝내고 난 뒤, 아리와 욕실로 같이 가서 샤워를 했다.

제 7 장

늦게 일어난 탓인지 옷을 갈아입고 외출할 준비를 끝내니 두 시를 넘어서고 있었다.

　문을 잠그고 밖으로 나와 정원을 가로지를 때 보았던 차고로 갔다.

　차고도 굳게 잠겨 있었는데 드미트리에게 받았던 열쇠로 문을 열 수 있었다.

　'내부의 잠금 장치가 모두 다른데 이 저택의 모든 문을 열 수 있는 것을 보면 이게 마스터키로군.'

　새삼스럽게 열쇠의 기능에 감탄하며 안으로 들어서자 검은색 SUV를 볼 수 있었다.

"우와! 멋지네요."

"그러게."

'수제로 만든 건가?'

차의 브랜드는 알 수 없었지만 디자인을 보니 예사 자동차가 아니었다.

'자동차 키가 없는 것을 보니 이 차도 마스터키로 열리는 것일 수도 있겠군.'

철컥!

마스터키를 들고 다가가니 저절로 문이 열린다.

'으음, 마스터기를 가지고 가까이 접근하기만 하면 인식이 되는 것은 아닌 것 같은데…….'

조금 이상한 느낌이 들었지만 잠금장치가 풀렸기에 조수석 쪽으로 가서 문을 열어 아리를 태우고, 나는 운전석으로 가서 차에 올라탔다.

─ 안녕하십니까? 마스터!

역시나 일반적인 차가 아니었다.

에고가 장착된 아티팩트라니, 김오 박사의 정체가 정말 궁금하다.

─ 넌 누구지?

─ 차량제어 시스템입니다.

─ 그렇군.

─ 마스터께서는 인식장치를 가동해 주시기 바랍니다.

— 내가 마스터라는 것인가?

— 전대 마스터께서 정상적으로 인계하신 마스터키를 소유하고 계시니 이제부터 저의 마스터십니다. 마스터 정보를 갱신하게 되면 저를 사용하실 수 있습니다.

— 알았다. 승인하지.

— 손을 운전대 쪽에 올려 주시고, 채널에 접속해 주시기 바랍니다.

'내가 스킨 패널을 가지고 있다는 것도 알다니. 재미있군.'

뇌리로 들려오는 목소리대로 운전석 쪽에 양손을 올려놓고, 스킨 패널을 열어 차와 연결을 시도했다.

— 채널 접속! 인식!

— 마스터에 대한 정보를 갱신합니다. 전대 마스터와 관련한 데이터를 삭제합니까?

— 전대 마스터의 데이터도 보관하고 있는 건가?

— 그렇습니다.

— 데이터를 삭제하지 않으면 갱신이 되지 않는 건가?

— 아닙니다. 전대 마스터께서 남기신 데이터는 별도로 보관이 가능하고, 언제든지 검색하실 수 있습니다.

— 좋아. 그러면 그렇게 해 줘.

— 알겠습니다. 그럼 지금부터 동기화를 시작합니다.

스킨 패널로 접속을 해서인지 망막 위로 동기화 상태를 나타내는 정보가 떠올랐다.

뭔가 심상치 않은 일이 일어나고 있다는 것을 느낀 듯 가만히 나를 바라보고 있는 아리를 보면 동기화가 끝날 때까지 기다렸다.

동기화는 채 1분도 지나지 않아 끝났기에 아리가 나에게 물었다.

"무슨 일이에요?"

"이 차의 시스템과 접속을 했었어. 마스터로 인정을 받고 이용 권한을 받느라고 말이야."

"그래서 말이 없었군요."

"이 차의 시스템에 당신 스승님에 대한 데이터를 남겨져 있는 것 같아."

"스승님의 데이터가요?"

"그래 링크가 가능하다니 잠시만 기다려봐."

아리에게 이야기를 하다가 갑자기 생각난 것이 있기에 에고에게 물어보기로 했다.

― 전대 마스터의 데이터를 나 말고 다른 사람이 볼 수는 있는 건가?

― 다른 이는 불가능하지만 동승해 계신 분이면 가능할 것 같습니다. 저를 사용하시거나 데이터를 인식하기 위해서는 마스터의 승인 아래 서브 마스터로 인식이 되어야 합니다.

― 아리를 서브 마스터로 인식시키고 싶은데?

― 조수석 위쪽에 손을 대고 마스터께서 승인해 주시면 됩

니다.

— 알았어.

"아리도 서브 마스터로 인식이 되면 데이터를 인식할 수 있다고 하니 조수석 위에 손을 얹어봐."

"알았어요."

아리가 곧바로 조수석 위에 손을 얹었다.

— 채널 개방! 접속자 아이리스! 서브 마스터 인식!

아리가 자신의 채널을 여는 것이 들려왔기에 서브 마스터로 승인을 해줬다.

— 마스터의 승인에 따라 아이리스를 서브 마스터로 승인합니다. 반갑습니다, 아이리스!

— 나도 반가워. 이름이…….

— 현무라 불러주시면 됩니다.

— 현무?

— 저를 만드신 전대 마스터께서 붙여주신 이름입니다.

공손하게 아리에게 대답을 해주는 것을 보면서 재미있다는 생각이 들었다.

마스터인 나에게는 이름을 말해주지 않았으니 말이다.

— 아리에게만 이름을 말해 주는 건가?

— 마스터께서는 저에게 물어보지 않으셨습니다.

'후후후, 성깔 있군. 재미있겠어.'

단호하게 대답하는 현무를 보며 앞으로가 기대됐다.

에고의 경우 마스터에게 절대 복종하도록 되어 있는데 이런 종류의 에고는 한 번도 본적이 없으니 말이다.

— 알았다. 지금 시가지로 가고 싶은데?

— 바로 출발하겠습니다.

부르르릉!

시동이 걸리는 소리가 들렸지만 차가 진동하지 않는 것을 보면 일반적인 엔진은 아닌 것 같다.

기이이잉!

차고 문이 위로 들려지며 열리자 차가 아주 부드럽게 출발을 했다.

'엔진 소리는 녹음을 한 거였군. 전력이 느껴지지 않는 것으로 봐서는 전기 자동차는 아니겠고, 이 자동차도 마법을 이용한 건가?'

에고를 장착한 것도 놀라운 일이지만 마법을 이용해 차량을 만들었다니 재미있는 일이다.

현무를 몰고 시가지로 향했다.

시가지로 들어서면서부터 어제보다 군인을 보는 일이 많아지고 있었다.

나와는 달리 아리는 주변에서 느껴지는 에너지 흐름에 집중하고 있었다.

"특별한 에너지 흐름들이 곳곳에 느껴지는 것을 보니 자기 말대로 그들이 움직이나 봐요."

"그럴 거야. 전운이 짙어지기는 하겠지만 실제로 전쟁이 벌어지지는 않을 것 같으니까 일단 신분증부터 만들고 중국으로 가는 항공편부터 알아보자."

"그래요."

어느 정도 분위기를 파악했기에 차를 몰아 행정청으로 향했다.

급행료를 줘야 했지만 출생증명서부터 입학증명서까지 가지고 있었고, 아리가 해킹을 해 조작해 둔 덕분에 신분증을 다시 발급 받는 것은 그리 어렵지 않았다.

신분증을 발급받은 후 곧바로 시내 중심부에서 40킬로미터 떨어진 키예비치 후토르 국제공항으로 향했다.

국제선 터미널로 들어가서 블라디보스토크 항공사에 들러 이틀 후에 베이징으로 떠나는 항공편을 예약했다.

공항으로 가는 동안 각자 항공편을 끊기로 했기에 서로 모르는 척 항공사에서 예약을 했지만, 운이 좋게도 바로 옆 좌석으로 배정을 받을 수 있었다.

그렇게 각자 공항을 나와 주차장으로 간 뒤 차를 타고 시내 쪽으로 향했다.

"잠깐만요, 자기. 잠시 멈춰 봐요. 에너지 흐름이 갑자기 이상해졌어요."

아리의 말에 차를 갓길에 세웠다.

심연의 심안이 놓칠 리 없으니 아리가 반응을 보인 에너지 흐름에 대해서는 나도 이미 느끼고 있었다.

수많은 작전을 진행하며 느껴왔던 그 에너지 흐름을 말이다.

— 마스터, 에너지 흐름을 추적합니까?

아리의 말에 이어 현무가 뜻하지 않은 반응을 보였다.

— 추적이 가능한 건가?

— 가능합니다. 지금 에너지 흐름들이 모두 항카 호로 향하고 있어 추적에는 문제가 없습니다.

— 그럼 곧바로 추적해.

다른 대차원과 연결이 된 게이트가 열리고 있는 중인 것이 확실하기에 추적을 하도록 했다.

'항카 호라……'

블라디보스토크 북방에 위치한 항카 호는 면적이 4,300제곱킬로미터가 넘는 거대 담수호다.

옛날에는 중국과 러시아에 걸쳐 있던 호수인데 거대한 에너지 흐름들이 그곳으로 몰려가고 있으니 가보기로 했다.

이정도의 게이트가 열린다면 그야말로 재앙이 시작되니 말이다.

블라디보스토크에서 북쪽으로 200킬로미터 떨어진 항카 호까지 가는 동안 빠르게 달리는 군용 차량들이 보였다.

저녁노을이 질 때쯤 항카 호 인근에 도착한 후 차를 멈춰 세웠다.

— 들키지 않을 수 있나?

― 스텔스 모드로 전환하고 인식 차단 장치를 켜도록 하겠습니다.

― 그 정도면 되겠다. 우리는 가봐야 할 것 같다. 이곳에서 대기하고 있도록.

― 알겠습니다.

"아리, 흩어질 수도 있으니 채널을 항상 열어둬."

"알았어요."

― 마스터, 이곳에서 두 분의 연락을 중계할 수 있습니다.

― 텔레파시의 중계가 가능한 건가?

― 그렇습니다.

― 중계가 가능한 거리는 얼마지?

― 사방 1,000킬로미터까지 가능합니다.

― 그럼 부탁한다.

― 알겠습니다, 마스터.

현무에게 지시를 내리고 아리와 함께 차에서 내렸다.

"아리, 현무가 우리 둘의 대화를 중계가 가능하다고 하니 지금부터는 능력을 사용하는 것이 좋겠어."

"알았어요."

"혹시 모르니 전투 슈트는 바로 착용하고."

"자기는요?"

"나도 착용할 거야."

스르르르

말이 끝나기 무섭게 아리가 아공간에서 전투 슈트를 호출해 착용했다.

'대단하군.'

아리가 착용한 전투 슈트는 브리턴에서도 소수의 능력자만 착용한다는 액체 금속으로 만들어진 마갑이라는 물건이다.

─ 스승님께서 주신 거예요. 등록되지 않은 것이라 절 알아보는 사람은 없을 거예요. 당신도 어서 착용해요.

'그나저나 마갑이라니. 현무도 그렇고, 아리의 스승이라는 분이 도대체 어떤 사람인지 궁금하군. 지금까지 봤던 것을 보면 절대 평범한 사람이 아니니 말이다.'

궁금증이 더해지고 있었지만 아리의 말에 생각을 이어나갈 수가 없었다.

무엇보다 엄청난 에너지 충돌이 항카 호에서 일어나고 있었기에 서둘러야 했다.

"알았어."

아리의 말에 전투 슈트를 생각하자 곧바로 몸 위로 떠올랐다.

─ 그렇게 착용을 할 수 있다니 대단해요.

─ 대단하긴, 아리가 착용한 마갑이 더 대단하지. 내가 입고 있는 전투 슈트는 마갑을 본 딴 것뿐인데 말이야. 전투가 시작된 것 같으니 어서 가자.

─ 알았어요.

몰려가던 에너지 흐름들이 크게 흩어졌다가 본격적으로 부딪치는 것으로 봤을 때 항카 호 근처에서 심상치 않은 일이 분명하기에 조심스럽게 이동을 해 나갔다.

항카 호에 도달했을 무렵에는 이미 스텔스 모드를 가동하고 있어 아무도 우리의 움직임을 알아차리지 못했다.

어둠이 내린 후라 사람이 없었기에 수면 위를 따라 아주 빠르게 호수 중심부로 날아갔다.

번쩍!

콰르르르릉!

호수 중앙의 상공에서 갑자기 아주 격렬한 에너지 충돌이 일어났다.

쏴—아아아아!!

거대한 충격파가 발생해 수면이 100여 미터 치솟았다가 곧바로 곤두박질쳤다.

─ S급 진성능력자들이 전투를 벌이는 것 같아요.

─ 아마도 저 밑에 있는 검은 게이트 때문인 것 같아.

─ 저 게이트는 뭐죠?

─ 연결되지 않는 대차원을 잇는 통로야.

─ 저게 바로 자기가 막고 있다는 그런 게이트에요?

─ 맞아.

'저 정도 규모면 센터로 사전에 정보가 들어왔을 텐데 이상하군.'

거대한 크기를 자랑하는 게이트의 특이 에너지를 센터에서 포착하지 못했다는 것은 있을 수 없는 일이다.

생각보다 문제가 심각하다는 것을 알려주는 증거기에 머리가 혼란스러웠다.

'이 정도면 누군가에게 완벽하게 센터를 장악했다는 말인데…… . 내가 예상했던 것보다 심각한 상황일지도 모르겠군. 센터장님이 어쩌면 센터를 지워야 할지도 모르겠다고 하시던 것이 빈말이 아닐지도 모른다.'

이런 정도의 정보를 숨기는 것은 센터를 완벽하게 장악하지 않는 한 불가능하기에 떠나기 전에 들었던 센터장님의 말씀이 생각이나 마음이 무거워졌다.

'정보를 은폐하고 게이트를 열려고 했다만 내가 본 이상 그렇게는 안 될 것이다.'

저런 대규모 게이트가 열렸다가는 무슨 일이 발생할지 모르니 무슨 일이 있어도 막아야 한다.

어쩔 수 없이 아리의 도움을 받아야 할 것 같다.

─ 아리, 나를 데리고 저기 게이트 중심부까지 이동할 수 있겠어?

─ 저기를 가게요? 너무 위험해요!

─ 저 게이트는 반드시 닫아야 해. 저것으로 인해서 무슨 일이 벌어질지 모르니까 말이야.

─ 하지만…… .

S급 진성능력자인 만큼 연결되지 않은 대차원을 잇는 게이트

가 열리면 어떤 일이 벌어지는지 알고 있을 것이다.

그렇지만 에너지 충돌로 인해 발생하는 막대한 힘으로 인해 죽을 수도 있다는 것도 알기에 망설여지는 모양이다.

— 걱정하지 마. 게이트를 막는 것은 보기보다 간단하니 별일 없을 테니까.

— 게이트를 막는데 시간이 얼마나 필요해요?

— 간섭만 하면 되니까 대략 십 초 정도면 충분해.

— 생각할 시간을 조금 줘요.

무지개 여신이라는 별칭답게 아리가 가지고 있는 능력은 상당했다.

염동력, 전이, 탐지, 마법, 이동, 버퍼, 힐러의 능력을 지니고 있었는데 살에, 예지까지 개화했다.

게이트가 연결되기 직전이라 어느 것을 사용할지 생각을 하는 모양이다.

— 됐어요. 자기가 하려는 것이 에너지 간섭이니까 이동과 전이를 쓰면 어떻게든 될 거 같아요.

— 어떻게 할 건데?

— 에너지 유동이 심해서 공간 이동은 불가능하니까 초고속으로 중심부로 이동한 후 염동력을 이용해 싸움으로 인해 발생하는 에너지 파동을 막고, 내가 가진 전이를 이용해 자기가 에너지 간섭 현상을 만들면 게이트의 파장이 깨지고 닫힐 거예요. 에너지 유동이 멈추게 되면 이곳으로 곧바로 순간 이동할 생각

이에요.

— 아주 괜찮은 방법이야.

— 하지만 문제는 그 다음에 있어요. 순간 이동을 통해 중심부에서 벗어날 수 있는 거리에는 한계가 있어요. 최대한 펼쳐봐야 현무가 있는 곳까지 뿐이에요. 그렇게 되면 이곳을 벗어나기가 쉽지는 않을 거예요. 저 위에 몰려 있는 능력자들이 우리를 가만두지 않을 테니까요.

— 확실히 위험할 수도 있겠군.

— 그건 제가 해결할 수 있을 것 같습니다.

현무가 대화를 자르고 들어왔다.

— 네가? 어떻게 할 생각이지?

— 제가 가진 암막을 사용하면 S급 진성능력자라도 저를 발견할 수 없을 겁니다.

S급 진성능력자의 공간 지각 능력은 인식 차단 장치로 꿰뚫어 볼 수 있기에 현무의 말이 실감이 나지 않았다.

— S급 진성능력자의 인식도 차단할 수 있는 것이냐?

— 충분히 가능합니다.

— 좋아! 그럼 부탁한다.

— 염려하지 마십시오, 마스터.

— 아리, 지금부터 간섭 마법진을 만들 테니까 방해되지 않게 이 주위를 차단해 줘.

— 알았어요.

테라나인이 있기에 에너지를 끌어들이는 것은 문제가 되지
않았다.

여러 번 해봤던 것이라 마법진을 만드는 것도 그다지 어렵지
않았다.

— 나는 다 됐어. 준비 됐어?

— 됐어요.

— 그럼 가자. 조심하고.

— 알았어요. 자기도 조심해요.

아리가 나를 뒤에서 끌어안은 후에 염동력을 사용해 삼중으
로 배리어를 치더니 허공으로 떠올랐다.

— 조금 빠를 거예요.

— 알았어.

슈—우웅!

아리는 나를 끌어안은 채 엄청나게 가속을 하며 중심부를 향
해 날았다.

순간 가속이 장난이 아니었다.

콰르르르르릉!

번쩍!

콰—콰콰쾅!!

중심부에 들어서기도 전에 S급 능력자들이 충돌하는 파장이
배리어를 두들겨 댔다.

충격의 여파로 안색이 창백해진 아리가 이를 악물며 속도를

더했다.

— 어서요!!

정중앙에 들어서자 아리의 외침이 뇌리로 들려왔다.

— 알았어.

파츠츠츠!

심장 부근을 잡고 있는 아리의 스킨 패널을 통해 내가 만든 마법진의 에너지 흐름을 전했다.

— 전이!

아리의 외침과 함께 에너지 파장이 증폭되며 게이트 내부로 파고들어갔다.

번쩍!

콰르르르르!

콰지지지직!

에너지의 전이가 끝나지 않았는데 에너지 파동이 염동력 배리어를 직격했다.

"크윽!"

세 겹으로 친 배리어 중 두 개가 깨져 버리자 아리가 신음을 흘렸다.

— 안 되겠다. 위험하니 어서 피하자.

— 견딜 수 있어요. 어서 해요!!

— 에잇!

전투 슈트에서 한계까지 에너지를 끌어 모았다.

아리가 버티려 하기에 나 또한 이를 악물고 전이를 통해 에너지를 증폭시켰다.

파츠츠츠츠!!

간섭 마법진이 작동하는지 검은 게이트 안에서 붉은 색의 뇌전이 일기 시작했다.

— 됐어! 이서 이동해.

팟!

내 말이 끝나기 무섭게 공간 이동이 이루어졌다.

털썩!

현무 옆에 당도하자 마갑이 사라지며 아리가 허물어지듯 쓰러졌다.

전이의 막바지 단계에 몰아닥친 파동으로 인해 한 겹 밖에 남지 않은 배리어를 유지하려다가 큰 충격을 받았기 때문이었다.

'용케도 버텼네. 미안하다, 아리.'

내부 충격으로 인해 입가로 피를 흘리는 아리를 끌어안은 후 차 문을 열고 뒤쪽 좌석에 누였다.

— 암막을 펼쳐!

곧바로 현무에게 지시를 내렸다.

— 이런, 바퀴 자국!!

— 마스터. 도로를 벗어나는 순간부터 반중력 마법을 사용했으니 걱정하지 마십시오. 그리고 암막이 펼쳐지면 일대에 환상결계가 펼쳐지니 S급 진성능력자라 하더라도 이곳에 뭔가 있다

는 것을 알아차리지는 못할 겁니다.

　— 알았다. 아무튼 조심해.

　남겨져 있을 바퀴 자국을 염려했더니 이미 조치를 취하고 있었던 모양이다.

　창문 밖의 주변이 짙은 어둠으로 덮이고 있는데 심연의 심안으로도 파악이 되지 않는 것을 보니 안심해도 될 것 같았다.

　아리의 심장 부근에 손을 얹고 살펴보니 내상이 빠르게 회복되고 있었다.

　"휴우, 다행이다. 혹시 모르니……."

　전투 슈트에 장착된 포켓에서 포션을 고동도로 농축한 알약 하나를 꺼내 마리의 입안으로 넣어 주었다.

　인간의 침에 반응하도록 만들어졌으니 곧바로 녹아 식도를 타고 몸 안으로 흘러들어갈 것이다.

　"으으음."

　"괜찮아?"

　"으윽, 조금 아프네요."

　"미안해. 미안해."

　조금이 아닐 것이기에 아리의 뺨을 쓰다듬으며 미안함을 전했다.

　"그런 모습은 무서우니까 자기 얼굴 좀 보여줘요."

　"알았어."

　전투 슈트를 해제했다.

"키스도 해줘요."

입가 흐는 피가 남아 있었지만 거리낌 없이 아리의 입술에 입을 맞췄다.

나도 모르게 혀를 집어넣으려 하자 아리가 살짝 밀어낸다.

"으이, 변태! 아픈데 그러고 싶어요?"

"미, 미안."

"그나저나 성공한 것 같아요?"

"성공한 것 같기는 한데 에너지 흐름이 어떻게 변했는지 현무에게 물어봐야지."

— 게이트가 닫히고 있는 중입니다.

지금까지 의식으로 전달한 것과는 달리 아리를 생각해서인지 지금은 방송으로 상황을 전해주었다.

"상공에서 싸우고 있던 S급 능력자들은?"

— 게이트가 열리는 것을 막으려 했던 자들은 곧바로 이탈을 했고, 열려던 자들이 닫히는 것을 막기 위해 게이트에 접근했었지만 엄청난 파동이 중심부에서 흘러나와 튕겨져 나간 상태입니다.

"성공한 것 같으니 다행이에요."

"그래 다행이야. 하지만 앞으로 그러지마. 아리가 위험해지는 것은 절대 못 보니까."

"잘못했으니까 그렇게 화내지 말아요."

"휴우, 알았어. 화내지 않을게."

어찌 되었건 나를 보호하느라 힘을 분산했기 때문에 아리를 탓할 수만은 없는 일이다.

내 본질을 일깨우는 심연의 심안이 보여준 대로라면 2차 각성을 전까지는 아마도 게이트를 닫는 일을 계속해서 하게 될 것이다.

지금까지는 괜찮았지만 게이트의 규모가 커지는 것을 보면 앞으로 사촌형이나 아리가 이번처럼 위험한 일에 휩쓸리게 될 텐데 이래서는 곤란했다.

'이번 작전을 끝나면 아마도 알파가 해체되는 수순을 밟게 될 테니 전역을 한 후에 프리랜서로 일을 하면서 사명을 수행하면 위험은 덜할 테니 그쪽 방향으로 가닥을 잡자. 그리고 2차 각성을 위한 준비를 하자. 최대한 빨리 준비를 해도 4년 정도 걸리는 일이니 돌아가는 대로 학교부터 알아보자. 게이트를 막는 일과 학업을 병행할 수 있는 학교가 있었으면 좋을 텐데……'

— 마스터, 게이트가 완전히 닫혔습니다.

상념을 깨는 현무의 말이 스피커를 통해 들려왔다.

"남아 있던 자들은?"

— 싸우다가 이탈한 자들을 쫓는 지 지금 서쪽으로 가고 있습니다.

"서쪽이라면 이탈한 자들이 국경을 넘을 생각인 건가?"

— 그들은 이미 국경을 넘었습니다.

"쫓는 자들은?"

― 국경은 넘지 않고 인근에서 대기 중입니다.

"상부의 지시를 기다리는 건가?"

― 주변에 전자기파가 지속적으로 맴도는 것을 보면 아무래도 그런 것 같습니다.

"그럼 이곳의 경계는 어떤 상태지?"

― 러시아군이 속속 집결하며 거미줄 같은 경계망을 구축하고 있는 중입니다.

"빠져나가기 힘들겠네요."

현무의 말에 아리가 눈살을 찌푸렸다.

게이트가 닫히기는 했지만 조사를 진행할 테니 움직이는 것이 쉽지 않을 테니 아리도 그걸 걱정하는 모양이다.

― 이곳을 벗어나는 것은 그리 어렵지 않습니다, 마스터.

"어렵지 않다니 무슨 말이지?"

― 이동거리는 그리 길지 않지만 저 또한 서브 마스터처럼 공간 이동이 가능합니다. 그리고 이동하는 중에도 암막을 계속 유지할 수 있습니다. 낮이라면 모를까 지금은 밤이라서 S급 진성 능력자도 저를 찾아내기는 어려울 겁니다.

"그럼 뭐하고 있어. 당장 이동하지 않고."

― 알겠습니다, 마스터.

창문 바깥이 짙은 암흑으로 물들어 있어 잘은 모르겠지만 우리를 태운 현무가 공간 이동을 하는 것이 느껴졌다.

"한 번에 이동 가능한 거리가 얼마야?"

— 최대 40킬로미터입니다, 아이리스 님.

"대략 다섯 번이면 집에 도착할 수 있겠네. 시간은 얼마나 걸릴 것 같아?"

— 에너지를 계속 완충시켜야 하니 이동 후에 다시 이동을 하려면 십 분은 기다려야 합니다.

"쿨 타임이 존재하는 거구나?"

— 예, 아이리스 님. 아직 전 아이템이고, 아티팩트로 진화하지 못해서 그렇습니다.

"뭐? 그게 무슨 소리야?"

황당한 소리였기에 아리가 되물었다.

— 마스터처럼 아직 2차 각성을 하지 못했다는 뜻입니다, 아이리스 님.

"너, 너도 2차 각성을 한다고? 그리고 각성을 하게 되면 아티팩트로 진화를 하고 말이야."

— 그렇습니다.

"우와! 세상에나."

아리가 입을 딱 벌리고 나를 쳐다본다.

지금까지 보여준 것만으로 아티팩트일지도 모른다고 생각했는데 아이템이라고 하니 정말 놀랄 일이다.

— 제가 아티팩트로 각성을 하게 되면 딜레이 없이 한 번에 1,000킬로미터까지 이동이 가능합니다만, 아직은 2차 각성 전

이라 이 정도뿐이라서 죄송합니다. 아이리스 님!

"2차 각성을 하게 되면 연속적으로 공간 도약이 가능하다는 거구나."

— 그렇습니다. 그리고 전대 마스터께서는 2차 각성을 해서 아티팩트가 된다면 제가 가진 다른 것도 진화를 한다고 말씀하셨습니다.

"정말 굉장하네. 그런데 너는 어떻게 2차 각성을 하는 거야?"

— 그건 저도 잘 모릅니다. 하지만 전대 마스터께서 가능하다고 했으니 반드시 아티팩트로 진화할 수 있을 겁니다.

내가 한 질문에는 설렁설렁 대답을 하면서 묘하게 아이리스에게는 친절하고 상세하게 대답을 해준다.

아이리스의 질문에 반응하는 것을 보니 아무래도 내가 아니라 아이리스에 귀속되어야 했던 것 같다.

'전대 마스터의 잔재가 아직 남아 있는 것을 보니 현무에게 꽤나 많은 영향을 미친 것 같군. 그나저나 아티팩트급이 아닌 아이템인데도 이 정도라니. 진화한 후에는 어떤 모습으로 변할지 궁금하군.'

인간이 제작한 아이템이 각성을 하다니, 현무의 성장이 무척이나 기대가 된다.

'드미트리의 아버지에 대한 정보는 조작되어 있을 확률이 크군. 내가 그에 대해 알고 있는 정보대로라면 절대 현무 같은 존

재를 만들 수 없을 테니까.'

아이템은 지구의 기술과 마법이 결합되어 만들어진 이기를 말한다.

아이템과 아티팩트의 구분은 간단하다.

둘 다 에고가 있기는 하지만 스스로의 의지로 뭔가를 할 수 있느냐로 판가름이 된다.

그 무언가는 바로 아티팩트가 주인인 마스터를 성장시킬 수 있냐는 것이다.

대부분의 아티팩트가 유물이라는 형태로 전해지는데, 이런 말을 들어본 적도 없다.

아이템이 성장을 해서 그런 것이 될 수도 있다니 아리의 스승에 대한 의문이 점점 커진다.

아이템에 에고를 부여하는 것도 그렇고, 성장을 할 수 있는 존재로 제작한다는 것은 신격을 가진 존재만이 가능한 일이니 말이다.

'아리의 경우도 그렇고, 초월자들도 수두룩하게 나타나는 마당에 신격을 지닌 존재라고 나타나지 말라는 법이 없지.'

나중에 개화된 살예와 예지는 물론이고, 아리가 본래 가지고 있던 능력들은 개화된 이후 아직 완벽하게 열매를 맺은 것이 아니다.

아리와 하나가 된 이후 알게 된 것이지만 나이가 나이라서 그런지 일곱 가지 능력의 이제 겨우 반 정도 채워진 것뿐이다.

일곱 가지 능력을 완벽하게 성취한다면 이름처럼 무지개의
여신이 될 수도 있을 테고, 나머지 두 가지마저 그렇다면 신성
까지도 얻을 수 있을지 모른다.

'결론은 나도 한시라도 빨리 진성능력자가 되어야 한다는 것
뿐이군.'

주변의 사람들을 지키는 것도 그렇고, 영혼의 반려인 아리에
게 뒤처지지 않으려면 진성능력자가 되어야 할 것 같다.

'하다못해 현무가 아티팩트도 된다면 더 무시당할 것 같은
기분이 드니 말이다.'

현무를 생각하니 기분이 조금 나빠지려고 한다.

에고 자체가 조금 싸가지 없는 편인 것 같은데 성장해서 아티
팩트가 된다면 가관일 것 같다.

'마음이 급한 모양이군.'

한 번 움직일 때마다 10분 동안 딜레이 되는 것 때문인지 현
무가 저택까지 공간 이동을 통해 움직이는 것은 생각보다 더디
게 느껴졌다.

그나마 러시아의 S급 진성능력자들이 10여 년 전에 새로 그
어진 국경을 넘지 못하고 대기하고 있다는 것이 그나마 위안이
되었다.

그렇게 저택에 도착한 후 차에서 내리려고 하니 현무가 보고
를 해온다.

― 마스터, 항가 호 주변에 포진해 있던 능력자들의 에너지

흐름이 빠르게 사라지고 있습니다.

"다른 S급 능력자들 움직이고 있는 건가?"

— 이상하게도 에너지 흐름이 잡히지 않지만 그런 것 같습니다.

'그들이 나선 모양이군.'

어느 정도 예상을 하고 있던 터였다.

국정원내 능력자 집단 중에서 숨겨진 비수라 일컬어지는 자들이 움직이고 있는 것이 분명했다.

"그럼, 국경에 대기하고 있는 자들은?"

— 곧바로 항카 호로 향하고 있습니다. 하지만 도착하기 전까지 항카 호 주변에 포진해 있는 능력자들은 대부분 사라질 것으로 보입니다.

"역시나 빈집털이를 당했군."

시선을 돌리고 잔챙이들을 쳐내는 것은 대한민국 능력자들이 펼치는 전형적인 작전이다.

비록 S급에 미치지는 못하지만 능력자들이 미치는 영향이 지대한데 꽤나 큰 타격이 될 것 같다.

항카 호 주변을 휩쓸고 있는 S급 진성능력자들 중에는 공간 이동 능력자가 있을 것이다.

국경에서 되돌아오는 자들이 도착할 때쯤이면 사라지고 없을 테니 러시아 쪽에서는 아마 분통이 터질 것이다.

"빈집털이라면 애초부터 계획된 것 같네요."

"그럴 거야. 대한민국에서 잘 쓰는 작전이니까. 예전에 중국도 이런 작전에 많이 당했는데 러시아는 처음이지, 아마?"

"그렇다면 한동안 전쟁이 일어날 염려는 없을 것 같네요."

"그럴 것 같아. 하지만 우리가 움직이는 데는 제약이 생길 것 같아서 걱정이야."

"걱정할 것 없어요. 우리는 중국으로 가는데요. 뭐."

"쉽지 않을 거야. 아마도 이번에 항카 호에서 움직인 S급 진성능력자들은 중국을 통해서 빠져나갈 것 같으니 말이야."

"그게 무슨 말이에요?"

"러시아 쪽 S급 능력자들의 신경이 바짝 곤두서 있을 테니까 국경 쪽으로 움직이는 일이 쉽지는 않은 일이야. 러시아 본토를 통해 빠져나가는 것도 어려운 일이고. 길은 하나뿐이지. 등잔 밑이 어둡다는 말처럼 러시아는 예상하지 못할 테지만 중국은 달라."

"이미 많이 당해본 일이라서 중국이 그걸 예상할 수도 있다는 거군요."

"아마 그럴 거야."

"곤란하게 됐네요."

"피곤하니까 일단 집 안으로 들어가서 생각해 보자고."

"그래요. 저도 좀 자고 싶어요."

"배고프지는 않고?"

"오늘은 그냥 잘래요."

"그래."

"오늘은 힘이 드니까 그냥 자기만 하는 거예요?"

"힘! 힘! 알았어."

"호호호, 생각은 있었나 보네요?"

"내가 뭘. 피곤하니 어서 들어가자."

"호호호, 그래요."

아리가 팔짱을 끼며 눈을 가늘게 뜨고 웃기에 모르는 척했다.

사실 조금 생각이 있기는 있었으니 말이다.

"넌 계속해서 주변을 살펴봐. 이상이 있으면 곧바로 연락을
하고."

— 알겠습니다, 마스터.

조금 무안한 마음에 현무에게 지시를 내리고 저택 안으로 들
어갔다.

"너무 졸려요, 자기."

"그래, 얼른 누워. 일단 한숨 자자."

"미안해요."

눈꺼풀이 거의 내려앉은 아리가 안쓰러워 침대에 눕혀놓은
후 양말을 벗겨 주었다.

옷을 갈아입히려고 하니 어느새 새근새근 숨을 몰아쉬며 잠
에 빠져 있는 중이다.

'긴장이 풀려서 피곤이 몰려 온 모양이구나. 아리야, 미안
하다. 내가 진성능력자였더라면 이렇게 힘들지 않아도 되었

는데⋯⋯.'

"으음."

미안한 마음에 머리를 쓰다듬어 주었다.

내 손길에 자면서도 미소를 짓는 것을 보니 정말 사랑스럽다.

'나도 그만 자자. 또 무슨 일이 벌어질지 모르니 이대로 자는
것이 좋겠다.

전투 슈트에 담긴 에너지를 최고로 끌어다 쓴 탓에 나 또한
무리를 한 상황이다.

아리가 걱정할까봐 아닌 척 했지만 나도 무척이나 피곤한 상
황이다.

만약의 사태를 대비해 씻을 생각도 하지 못하고 옷을 입은 채
로 아리 옆에 나란히 누워 잠을 청했다.

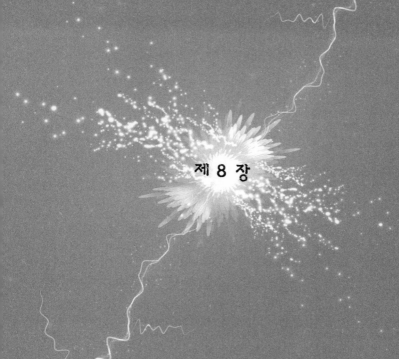

제 8 장

자는 동안 별다른 일이 일어나지 않았기에 무척 달게 잘 수 있었다.

"아리는 어디 갔지?"

아리가 보이지 않았지만 어디 있는지 바로 알 수 있었다.

아리의 기척이 주방에서 느껴졌기 때문이다.

"아침 식사를 만드는 모양이군."

침대에서 나와 주방으로 가니 아리가 열심히 음식을 만들고 있었다.

'정말 예쁘다.'

주방 창을 통해 햇살이 들어오고 있었는데 햇빛 속에서 움직이고 있는 아리의 모습이 무척이나 아름다워 보였다.

"어머! 깼어요?"

"그래. 언제 일어난 거야?"

"얼마 되지 않았어요. 조금 있으면 준비가 다 되니까 어서 씻고 와요."

"알았어."

아리의 말대로 욕실로 가서 샤워를 하고 옷을 갈아입은 후 주방으로 가니 식탁에 음식이 차려져 있었다.

"이걸 언제 다했어?"

"소금구이한 연어하고, 쇠고기 무국에 밥뿐이에요. 김치가 있어야 하는데 재료가 없어서 그러니 그건 나중에 해드릴게요."

"김치도 할 줄 알아?"

"배우기는 했는데 한 번도 해 본적은 없어요. 나중에 만들어 드릴게요."

"이정도로도 훌륭한 데 뭘. 이야, 맛있겠는 걸."

내가 식탁에 앉자 아리도 앞에 앉았다.

"먹자."

"드세요."

시원해 보이는 무국에 한 입 뜨고, 잘 된 밥에 간이 잘 밴 연어 구이를 입에 넣으니 정말 맛있었다.

"쩝! 쩝! 정말 맛있어."

"호호호, 다행이네요."

맛있다는 것은 빈말이 아니다.

밥을 국에 말아 먹었는데도 고슬고슬한 것이 탄력을 잃지 않았다.

타고난 솜씨가 있는 것인지 쇠고기 무국은 시원하면서도 감칠맛이 있었고, 잘 구운 연어 또한 담백하면서도 매우 맛있었다.

덕분에 아리가 밥을 두 번이나 더 퍼야 했다.

고봉밥을 세 그릇이나 먹자 아리가 그릇을 치우며 한마디 했다.

"자기는 정말 잘 먹네요. 돈을 많이 벌어야겠어요."

"하하하, 아리 솜씨가 워낙 좋아서 말이야. 그리고 그래야 할 거야. 나 대식가거든."

"어쩐지 그런 것 같더라니……. 이제부터라도 가계부를 적어야 할까 봐요."

"하하하하!"

S급 진성능력자인 아리가가 계산을 하며 가계부를 적는 모습을 상상하니 웃을 수밖에 없었다.

"왜 웃어요?"

"가계부를 적는 아리 모습을 상상하니 기분이 좋아져서 그래. 너무 예쁠 것 같아서 말이야."

"눈에 콩깍지가 씌었나봐. 자기는 만날 나보고 예쁘다고만 하네."

"그럼 어떻게 해. 진짜 예쁜데 말이야."

"호호호! 예쁘게 봐주니 좋기는 하네요."

"정말이야. 이렇게 예쁜 아리를 영혼의 반려로 맞은 것은 정말 행운이야."

"알았어요. 비행기 그만 태워요. 그나저나 오늘도 시내로 나갈 거예요."

"식재료도 조금 사야 하고 분위기도 살펴봐야 하니 나가봐야 할 것 같아."

"알았어요. 그럼 점심은 나가서 먹어요. 그리고 대학교에 한번 들러요. 정보를 조작해 놓기는 했지만 앞으로 어떻게 될지 모르니 확인을 위해서라도 가봐야 할 것 같으니 말이죠."

"그래, 거기도 한 번 가 보자."

차를 마신 후 간단하게 양치를 하고 저택을 나섰다.

현무를 몰고 시가지에 도착하니 군인들은 거의 보이지 않지만 대신 경찰들이 쫙 깔려 있었다.

'S급 진성능력자들을 찾으려는 것 같지만 경찰력만으로는 불가능할 텐데…….'

1차 각성을 한 이들이라고는 하지만 일반인인 경찰들이 S급 진성능력자를 찾는다는 것은 어불성설이다.

군인들이 대거 동원된 만큼 소문이 퍼지고 있을 테니 아무래도 S급 진성능력자를 찾으려고 하는 것보다는 통제의 의미가 강한 것 같다.

"분위기가 많이 경직된 것 같아요."

"그런 것 같기는 해."

"빨리 학교에 들렀다가 거기서 점심을 먹고 식재료를 사러 가요."

"알았어."

곧바로 현무를 몰아 대학교로 향했다.

행정실에 들러 휴학을 언제까지 할 수 있는지 알아보니 남아 있는 3개월 말고도 추가적으로 2년을 더 할 수 있다니 문제가 없을 것 같아서 기간을 연장시켰다.

행정적인 일을 다 처리하고 나니 점심이 가까워져 학교 근처의 식당에 들러 점심은 먹은 후에 식재료를 구입하고 다시 저택으로 돌아왔다.

"내일 떠나는 데는 문제가 없을 것 같아. 하지만 중국 쪽에서 어떻게 대응하고 있는지가 문제인데 말이야."

"자기가 포기한다면 모를까 어쩔 수 없지 않아요? 자기는 1차 각성자라서 크게 주목하지 않을 테니 이번 일에 관여되었다고는 생각하지 않을 거예요."

"그렇기는 하지만 워낙 예상치 못한 일을 잘 저지르는 자들이라서 말이야."

"저도 있으니까 걱정하지 말아요."

"알았어. 내일 일찍 출발해야 하니까. 오늘은 저녁을 일찍 먹고 자도록 하자고."

"저녁 먹고 그냥 자자고요?"

"응."

"나 이제 다 나았는데……."

"쩝!"

아주 어려 보이는 얼굴이지만 따지고 보면 나보다 한 살밖에 적지 않은데도 가끔 어리광을 부린다.

다 나았다고는 말은 하지만 아직 내상의 여파가 남아 있을 텐데 이러는 것을 보면 말이다.

'하긴, 내 나이가 지금 만으로 스물셋이니 우리 둘 다 많은 나이는 아니지.'

1차 각성으로 인해 조숙하기는 하지만 혈기가 왕성한 나이다.

영혼의 반려를 얻었으니 참지 못하는 것은 당연한 일이다.

"알았어."

"호호호, 뭘요?"

아리가 미소를 짓더니 눈을 동그랗게 뜨며 묻는다.

참 짓궂은 여자다.

"힘! 힘! 얼른 저녁 만들어서 먹자."

"호호호, 알았어요."

점심을 먹기는 했는데 아리가 만든 것만큼은 아니어서 그냥 억지로 먹었다.

맛이 별로였기에 먹은 양은 두말 할 나이도 없이 적었기에 배가 고픈 상황이라 주방으로 들어가 음식을 만들기 시작했다.

잡은 뒤에 숙성 과정을 거친 두툼한 소고기를 버터를 이용해 스테이크로 굽고, 채소와 토마토를 이용해 러시아 국민 소스인 스메타나를 넣은 샐러드를 만들었다.

그리고 분위기를 맞춰 보드카 대신 도수가 낮은 와인으로 식탁을 세팅했다.

"흐음, 정말 맛있는 냄새가 나에요."

아침 식사가 고마워 구경만 하라고 했더니 앉아 있던 아리가 포크와 나이프를 양손에 들고 함박웃음을 흘린다.

"어서 먹자."

"잘 먹겠습니다."

큰소리와 함께 기세 좋게 달려드는 아리였지만 정작 나이프로 써는 양은 그다지 크지 않았다.

새끼손가락 한마디 정도로 썬 후에 음미하듯 천천히 씹어서 고기를 먹는다.

"다른 방법으로 고기를 한 번 더 구울 거니까 크게 썰어 먹어도 돼. 식으면 맛없어."

"알았어요."

내 권유가 마음에 들었는지 고기를 크게 썰어 오물오물 씹는다.

"고기정말 연하게 잘 구워졌어요. 샐러드도 맛있고요."

"다행이네. 자!"

와인을 따른 잔을 들자 아리도 잔을 들었다.

티—잉!

잔을 부딪치는 맑은 소리의 여운이 가시기 전에 와인의 풍취를 즐겼다.

고기와 잘 어울리는 맛이었다.

"먹고 있어. 고기 좀 더 구울 테니까."

"그래요."

한 번에 썰어 먹는 양이 많기에 어느새 접시를 비워 버린 터라 일어나서 고기를 구우러 갔다.

이번에는 숯불을 이용한 한국식 등심 구이다.

화로에 숯불이 잘 지펴졌기에 석쇠를 얹고 식탁 한 쪽에 놨다.

"나 이거 먹고 싶었어요."

"젓가락은 다룰 줄 알지?"

"물론이죠."

"내가 고기를 구워서 먹기 좋은 크기로 자를 테니까 하나씩 집어서 소금을 살짝 찍어 먹으면 돼."

"드라마를 봐서 저도 알아요."

"하하하, 알았어."

달궈진 석쇠 위로 스테이크용 등심을 올려놓았다.

치이이익!

화로 중심의 센 불로 아래를 익히고 육즙을 가둔 후에 고기를 뒤집어 구웠다.

어느 정도 익었기에 고기가 질겨지기 전에 가위로 잘라서 먹기 좋게 석쇠 끝에 올려놓았다.

"츠읍! 맛있겠다."

"지금 먹어야 맛있어."

"알았어요."

"쩝! 쩝! 정말 맛있어요. 자기도 어서 먹어요."

"알았어."

연하면서도 고기 특유의 풍미가 잘 살아 있어서 아주 맛이 좋았다.

내가 워낙 잘 먹기도 하지만 아리도 만만치 않아 거의 1킬로그램이나 하는 스테이크용 등심을 금방 다 먹어 버렸다.

"이러다가 배가 나오겠어요."

"아리는 배가 나와도 예뻐. 그리고 금방 소화될 거잖아."

"그렇기는 해도."

"자, 차나 한잔하자."

주전자를 불에 올려 물을 끓인 후 커피를 내렸다.

설탕을 넣지 않은 아메리카노를 즐겨 마시는 나와 달리 달달한 것을 좋아하는 아리를 위해 라떼를 만들어 주었다.

"중국에서 일을 마치고나서 한국에 가면 뭐 할 거예요?"

"일단 2차 각성을 준비하려고 해."

"이런 일을 하면서는 쉽지 않을 거예요."

"아직까지 직접 사람을 해친 적은 없었어."

"정말이요?"

"응, 아직까지는……."

"그나마 다행이네요. 사람을 죽인 적이 있다면 인과율에 따라 2차 각성이 어려웠을 테니까요."

"그게 언제까지 갈지는 모르지. 당신말대로 이런 일을 하면서는 말이야."

"그만둘 수는 없는 건가요?"

"그만 두기는 해야 할 텐데 다른 것은 몰라도 이번 일은 힘들 것 같아."

"배신한 자 때문에요?"

"맞아. 배후에 있는 존재들을 밝혀내지 못하면 문제가 계속해서 커질 테니까 말이야."

"하긴, 그럴 거예요. 미지의 대차원과 지구가 연결이 되면 대변혁에 준하는 일이 벌어질 것이 자명한 일이니까요. 저도 최선을 다해서 도울게요."

"고마워. 그나마 아리가 있어서 다행이야."

"뭘요. 서방님이 하시는 일인데 당연한 일인데. 소녀는 언제나 서방님 편이옵니다."

사극조로 말하는 모습이 정말 귀엽다.

"하하하! 이만 자러 갈까?"

"그래요."

아리가 앞서 침실로 향한다.

'미안하다.'

알파를 나와도 그만 두지 못하는 것은 내가 가진 사명 때문이다.

확실한 이유를 내가 말해 주지 못한 것이 있다는 것을 이미 알고 있으면서도 따라주는 아리가 고맙기 그지없다.

주방을 나와 욕실로 가서 함께 양치를 한 후에 침대로 들어갔다.

쪽!

이불속으로 파고들자 아리가 안기며 키스를 한다.

"아리야, 내일 무슨 일이 벌어질지도 모르니 오늘은 조금만 하자."

"으음, 조금만! 조금만!"

와인은 다 비워서인지 얼굴 붉게 달아오른 아리는 내 목을 휘어 감고는 품속으로 파고들며 들뜬 소리를 내뱉는다.

그렇게 열정적인 키스가 이어지고 난 후 우리는 하나가 되었다.

내일 중국으로 들어가기에 조금만 사랑을 나누려 했지만 소용이 없었다.

열정의 환락이 끝난 후, 우리는 새벽이 되어서야 잠이 들 수 있었다.

베이징으로 가는 탓인지 공항을 통해 블라디보스토크 항공편을 타는 것은 그리 어렵지 않았다.

중국에서는 어떻게 될지 모르지만 별다른 문제없이 좌석에 앉은 후에 이륙하기를 기다렸다.

승객이 다 탑승한 후에 비행기는 곧장 이륙했고, 얼마 지나지 않아 기장의 안내 방송을 들은 후 기내를 돌아다닐 수 있었다.

화장실을 가는 척하면서 심연의 심안으로 타고 있는 이들을 살필 수 있었다.

'S급 진성능력자가 세 명이로군. 각자 따로 앉아 있기는 하지만 같은 일행이다.'

살기의 잔향이 남아 있는 것을 보면 항카 호 주변에서 러시아 능력자들을 학살했던 자들이 분명했다.

자리로 돌아온 후에 스킨 패널을 열어 텔레파시를 보냈다.

— 탑승구와 비상구 근처에 모두 세 명이 있어. 조심해야 할 거야.

— 최대한 감추고 있으니 저를 알아차리지 못할 거예요.

— 공항을 벗어나기 전까지는 그래도 조심해야 할 거야. 그나저나 현무가 걱정이군.

아침 일찍 일어나 현무에게 내가 지정한 좌표로 이동하도록 했다.

상당한 거리라 지금의 능력으로는 움직임에 제약이 있어 걱정이 된다.

— 현무는 목적지로 잘 가고 있을 거예요.

— 언제 도착을 할 지 모르겠지만 눈치가 여간 아닌 녀석이니

잘 가고 있겠지.

　— 그래도 꽤나 귀여운 애에요.

　— 당신한테나 그렇지.

　— 질투하는 거예요?

　— 아니, 그런 게 아니야. 현무가 당신을 위해서 제작된 것
같아서 그래.

　— 저를 위해서요? 설마요.

　— 당신을 대하는 태도도 그렇고, 느낌이 그래.

　— 자기가 그렇다니 어쩌면 그럴 지도 모르겠네요.

현무는 아리를 위해 만들어진 것이 거의 확실하다.

내가 마스터인데도 불구하고 서브 마스터인 아리를 더 주인
같이 대하니 말이다.

　— 지금은 편히 쉬고 비행기가 착륙하고 나면 일이 벌어질지
도 모르니 긴장을 해야 할 거야.

　— 걱정하지 마요. 어떨 때 보면 자기는 내가 S급이라는 것을
가끔 잊는 것 같아요.

　— 후후후, 아리가 내 여자라서 그러는 거겠지.

　— 어휴, 느끼해.

　— 느끼한 내가 바로 당신 남자야. 조금 피곤할 테니 잠깐만
자두는 것이 좋을 거야.

　— 알았어요.

어제 밤에 계속해서 사랑을 재촉한 것은 아리였기에 입술을

삐죽이는 모습을 한 방에 잠재울 수 있었다.

대한민국 영공을 가로지를 수 없기에 블라디보스토크에서 베이징까지는 조금 돌아가는 탓에 비행기로 두 시간이 조금 넘게 걸린다.

달게 한숨 낮잠을 자면 도착할 시간이라 두 눈을 감았다.

'쉬지를 않는군.'

잠시 뒤 아리의 숨소리가 고르게 들려왔지만 나는 잠을 이룰 수 없었다.

은밀한 에너지 흐름이 세 명의 S급 진성능력자들 사이에서 흐르고 있었기 때문이다.

'아리 때문에 가능하다는 것을 알아내기는 했지만 저들에게도 통할지 모르겠군.'

심연의 심안을 통해 아리가 현무에게 발산하는 텔레파시를 감청한 적이 있었다.

아리와 현무는 내가 감청을 하고 있다는 사실을 전혀 몰랐기에 저들에게도 한 번 시도해 보기로 했다.

텔레파시로 나누고 있는 저들의 대화를 들을 수 있다면 여러 가지 상황에 미리 대비를 할 수 있기 때문이다.

— 그놈들은 이제 닭 쫓던 개꼴이 된 거 같지?

— 공항에서 아주 눈을 붉히고 찾는 것 같기는 하던데, 어째 S급이라는 놈들의 실력이 그 모양이냐?

— 그것도 모르고 있었냐? 야매로 각성해서 그런 거 아니냐, 야매!

— 야매라니?

— 팀장 말로는 S급에 달하는 능력을 얻기는 하지만 진성능력자로서 각성하는 것은 아니라고 하더라.

— 이해가 되지 않는데 그게 무슨 말이냐?

— S급 능력을 얻는 것 맞지만 그것도 어느 정도까지 만이라더라. 성장 가능성 있기는 해도 중급을 넘어서지 못하는 것이 그놈들 한계라고 말이다.

— 그럼 하급에서 끝이라는 말이구나.

— 초능력을 카피해 심는 것으로 S급 능력을 얻기는 하지만 1차 각성 때 알게 된 능력자의 본질을 훼손하는 것이라서 성장이 멈춘다고 들었다.

— 어쩐지. 처음 조우했을 때 부담이 되지 않기는 하더라.

— 그건 그렇고 이제 어떻게 할 거냐? 중국에 있는 놈들은 우리에게 하도 당해서 어느 정도 예측을 하고 있을 텐데 말이다.

— 우리가 계획을 짜고 움직이는 것도 아니고, 팀장 말대로 해야지 별 수 있냐?

— 진짜 팀장 말대로 하자고?

— 그래, 인마.

― 우리 팀장이지만 정말 미쳤다. 베이징 공항에서 한바탕 뒤집으라니 말이다.

― 한바탕 뒤집어 엎고, 텐진 쪽으로 빠지면 된다고 했으니 우리는 지시한 대로만 움직이면 된다.

― 팀장이 알아서 잘 준비를 해놨겠지만, 공항이 문제다. 몇 놈이나 기다리고 있을지 모르겠으니 말이야.

― 적어도 S급으로 세 명은 있겠지.

― 세 명밖에 안 된다고?

― 그래, 얼마 전에 중국 애들이 타클라마칸 근처에서 크게 당한 것 같더라. 그걸 해결하기 위해 두 명이 빠졌으니 최대한 많이 기다린다고 해도 세 명 정도일 거다.

― 하긴 다른 곳도 신경을 쓰고 있을 테니 그 정도가 최선이 겠군. 열한 명 중에 세 명은 티베트 쪽에 있고, 네 명은 국경 쪽에 있을 테니 타클라마칸 쪽으로 두 명이 빠졌다면 최대로 잡 았을 때 세 명이 한계겠군.

― 세 명이라고 해도 만만치 않을 거다. 러시아 놈들과는 다 르게 중국 놈들은 무공을 통해 자신을 성장시키고 있으니까 말 이다.

2차 각성을 통해 진성능력자가 되면 국가적으로 무공을 전수 하는 곳이 중국이다.

대한민국과의 전면전 이후 진성능력자들에게는 특별히 오 랫동안 숨겨진 비서들을 공개해 능력을 확실히 성장시키고 있었다.

― 무공을 수련해 스스로를 성장시킬 뿐만 아니라, 국가에서
도 전폭적으로 지원을 해주니 최소한 중급은 넘어선 자들이겠
구나.

― 아마 그럴 거야. 비록 우리가 상급 초입이라 놈들보다 실
력이 윗줄이기는 하지만 조심하는 것이 좋다. S급인 놈들도 문
제지만 여차하면 인해전술로 밀어 붙이는 놈들이니 말이다.

― 알았다. 조심하도록 하지. 그러면 누가 먼저 나설 거냐?

― 그건 내가 한다. 텔레포트로 놈들의 시선을 활주로 쪽으
로 끌고 올 테니 너희들이 한 방 제대로 먹이면 된다.

― 네가 먼저 활주로로 나간 후에 놈들이 나타나면 뒤통수를
치라는 소리야?

― 심플하고 아주 효율적인 방법 아니냐?

― 놈들이 그렇게 쉽게 당해 줄까?

― 알고도 어쩔 수 없을 걸. 중국 놈들이 제일 치를 떠는 게
나니까 말이야.

― 너, 설마. 그거 입고 활주로로 나갈 거냐?

― 크크크, 그래야 놈들의 시선을 확 끌지.

― 미친놈! 활주로에 그걸 입고 나갈 생각을 하다니, 친구기
는 하지만 넌 정말 미친놈이다.

― 내가 미친놈이라는 걸 이제 알았냐?

― 알았다. 알았어. 그걸 입고 나가면 어그로는 확실히 끌 것

같으니 마음대로 해라.

　— 후후후, 진즉에 그럴 것이지. 아직 시간이 좀 남았으니 맥주나 시켜 먹자.

　— 좋지. 그런데 러시아 맥주는 먹을 만한 거냐?

　— 그럭저럭 먹을 만하다.

　— 그럼 딱 한 캔씩만 하자.

　— 콜.

　대화를 듣고 정체를 추측할 수 있었는데 긴장감이 전혀 없는 사람들이다.

　'그만큼 자신이 있다는 소리겠지. 그나저나 특이한 복장이라면 그도 이번 작전에 참여한 것이겠군.'

　특이한 복장을 하고 활주로로 나가 시선을 끌겠다는 존재가 누구인지 알 것 같다.

　전투 슈트를 파워레인저라는 영화의 주인공 복장과 똑같이 맞추고 활동한다던 또라이가 분명했다.

　'작전 중에도 코스프레 하는 것을 멈추지 않는 것을 보면 국정원에서도 무척 골치 아프겠군. 그렇지만 시선은 확실히 끌겠군. 중국 쪽 능력자들에게는 확실히 각인된 사람이니까 말이야.'

지난 전면전에서 어마어마한 활약을 한 존재이기에 공항 활주로에서 능력자간의 전투가 벌어질 것은 확실했다.

'싸우다가 피해를 입히고, 공간 이동을 통해 벗어난다는 작전인 것 같은데 통할지 모르겠군.'

전면전 당시 워낙 많이 당했던 터라 중국도 어느 정도는 예상을 하고 있을 것이기에 작전의 성공 여부는 불투명하다.

'이렇게 대놓고 나대려는 것을 보면 뭔가 다른 작전이 있는 것이 확실한데 말이야.'

성동격서라고 했다.

러시아에서도 비슷한 작전을 펼쳤는데 중국이라고 펼치지 않을 이유가 없다.

러시아가 게이트를 열고 전쟁을 준비하는 데 동맹국인 중국이 관여되어 있을 것이 뻔하니, 응징 차원에서라도 다른 작전이 펼쳐지고 있을 것이 분명했다.

'문제는 진짜 타격 대상이 어디냐 하는 건데? 설마!'

통일이 되고 통합대한민국이 된 이후 정부가 천명한 것 가운데 아주 철저하게 지켜지는 것이 세 가지가 있다.

첫 번째가 반부패고, 두 번째가 국가를 위해 희생을 치른 이는 잊지 않는 다는 것, 그리고 마지막으로 세 번째가 도발한 적에게는 가혹한 응징을 가한다는 것이다.

그동안 이 세 가지 원칙은 철저히 지켜져 왔다.

그중에서 세 번째 원칙은 세상이 많이 알려져 있지 않지만 가장 철저하게 지켜졌다.

대변혁 이후에도 독도에 대한 도발을 멈추지 않았던 일본의 경우 자위 함대의 반 정도가 원인 모를 이유로 동해에서 침몰을 했다.

더불어 제국주의 시절의 잔학한 행동에 대해 사과를 하지 않고 외면하던 것에 대한 천벌 인지 야스쿠니 신사가 잿더미로 변한 것은 유명한 일이었다.

중국과 러시아의 전면전 당시도 마찬가지였다.

전쟁이 시작되자마자 두 국가의 핵전력은 진성능력자들에 의해 지구상에서 고스란히 지워졌다.

아니 사라졌다.

그리고 대한민국을 모욕하던 중국과 러시아의 주요 인사들이 대부분 제명을 채우지 못했다.

그로 인해 전쟁에 졌으면서도 대한민국에 대해서는 함부로 논평을 내지 않을 정도였다.

'이 정도 소란을 피울 정도면 진짜 목표는 자금성이 확실하다. 거기만큼 상징성이 큰 곳은 없으니까.'

자금성은 대변혁 이후 바뀌었다.

박물관이나 다름없는 곳이었는데 능력자를 양성하는 곳으로 바뀌어 버린 것이다.

'문제는 중국 쪽에서 거기까지 생각했느냐 하는 건데?'

생각이 깊어지자 셋의 대화가 생각이 났다.

'S급 능력자들의 동향을 너무 정확하게 파악하고 있는 것을 보면 일부러 유출한 정보가 틀림없는 것 같으니 알고 있는 것이 분명하군. 전시 상황이니 모두 빼내지는 않았을 것이고, 최소한 둘에서 최대 네 명 정도가 기다리고 있겠군.'

극비로 취급되는 S급의 행방을 알고 있는 것으로 봐서는 중국 쪽에서 역으로 함정을 파 놓은 것이 분명하다.

'내가 예상하는 것이 맞는지 알아봐야 하지만 시간이 없는 것이 아쉽군.'

자칫 희생을 치를 수도 있기에 가만히 있을 수가 없었지만 손 쓸 방도가 없었다.

'일단 베이징 상공에 도착하면 아리의 도움을 받자. 아리의 탐지 능력이라면 S급을 확인하는 것이 가능할 테니까.'

공항에 대기하고 있는 자들은 물론이고, 자금성에 있을 지도 모르는 자들은 이 비행기에 타고 있는 S급 능력자들이 사건의 방아쇠이기에 주목하고 있을 것이 분명했다.

그렇다면 아리의 능력으로 충분히 감지가 가능하기에 기다리며 방법을 찾아야 할 것 같다.

'잠깐만 시선을 돌리는 것이 가능하다면 함정이라고 해도 충분히 빠져나올 수 있을 것이다.'

알려진 대한민국의 S급 진성능력자들은 랭커라고 불린다.

초월자에 준하는 능력을 지닌 존재들이지만 그들은 자신이 내키는 대로 움직일 수가 없다.

대한민국의 그늘에 숨어 있는 이들이 전면에 나타난다면 랭커라는 이름이 허무한 것이라는 것을 인지하고 있기 때문이다.

대한민국의 그늘에 숨은 힘 중 하나가 바로 국정원에 속해 있는 진성능력자들이다.

수뇌부가 아닌 전위대의 일개 대원이 랭커라고 하는 이들을 능가하는 능력을 지니고 있으니 함부로 움직일 수 없는 것이다.

자금성을 치는 작전에는 아마도 수뇌부에 속하는 이들이 움직였을 것이다.

그들이라면 함정이라는 변수도 반영시켰을 것이기에 약간의 시간만 벌어주면 무사히 작전을 마칠 수 있을 터였다.

얼마 지나지 않아 10분 후 베이징 공항에 도착한다는 기장의 안내 방송이 울려 나왔다.

— 일어날 때가 됐어.

— 아음, 벌써 도착한 건가요?

— 십 분 후면 착륙할 것 같은데 아리가 해줄 일이 있어.

— 내가 해야 할 일이 뭐예요?

— 베이징에 있는 S급 진성능력자들의 위치를 좀 파악 해줘.

— 으음, 그건 저라고 해도 쉽지 않은 일이에요.

— 그들이 이목이 이 비행기에 집중되어 있을 테니까 그리 어렵지는 않을 거야.

— 우리가 타고 있는 비행기예요?

— 그래. 여기에 타고 있는 대한민국의 S급 진성능력자들을

미끼를 쓰는 양동작전이 펼쳐진 것 같아. 중국 쪽도 그걸 알고 있는 것 같고. 에너지를 많이 쓰지 않아도 충분히 감지할 수 있을 거야.

― 알았어요.

아리의 몸에서 추적하기 힘든 은밀한 에너지가 아주 미세하게 흘러나와 비행기 동체를 감쌌다.

그리고 비행기와 연결이 된 에너지 흐름을 따라 은밀하게 이동하기 시작했다.

안전벨트를 착용하라는 안내 방송이 나올 때 아리가 내게 텔레파시를 보내왔다.

― 공항 쪽에 세 명이 대기하며 에너지를 끌어올리고 있고, 자금성 쪽에 네 명도 같은 상황이에요. 그리고 인민대회당 쪽에도 네 명이 있는데 이들이 제일 강해 보여요.

― 그렇군.

― 지상에 있는 것이 열한 명이고, 이 비행기에 저까지 S급이 네 명이라니 도대체 무슨 일이 벌어지고 있는 거예요?

에너지가 충돌할 수 있기에 S급 능력자들은 항상 거리를 두는데 이정도면 그야말로 엄청난 수의 S급 진성능력자들이 밀집해 있는 것이다.

아리의 궁금증을 풀어주고 싶지만 시간이 촉박했다.

― 지금은 설명할 시간이 없어. 혹시 아주 강한 폭발 마법을 은밀하게 전송시킬 수 있어?

— 왜요?

— 저들이 쉽게 탈출할 수 있도록 시간을 벌어주려고 해.

— 대기하고 있는 자들의 시선을 돌리는 거예요?

— 맞아.

— 무슨 말인지 알았어요. 가능하기는 하지만 내가 가진 에너지의 반 이상을 써야 해요. 잘못하면 위험해질 수도 있고, 저들에게 들킬 수도 있어요.

— 걱정할 것 없어. 저들은 조금 있으면 비행기를 이탈할 것 같으니까 말이야.

— 좋아요. 어디로 전송시켜야 하는 거예요.

— 장소는 천안문 광장이야. 폭발시키기 전에 사람들이 피할 수 있도록 인지시키는 것도 잊지 말아야 해.

— 걱정하지 말아요. 저들이 지금 이탈한다면 시간도 충분하고 그 정도는 애들 장난이니까요. 정확한 위치를 찾아야 하니까 자기가 내 손 좀 잡아줘요.

— 알았어.

내가 손을 잡자 감각을 확장하자 아리의 에너지가 크게 활성화되는 것이 느껴졌다.

'시간을 맞출 수 있을지 모르겠군.

우리의 상황과는 상관없이 비행기는 랜딩기어를 내리고 착륙을 시도하고 있었다.

그리고 타이밍을 맞춰야 하기에 집중을 하다가 이상이 있음을 깨달았다.

'이런!'

천안문 광장 쪽에 준비가 다 되었다고 생각하는 순간, 우리와 같이 비행기에 타고 있던 국정원의 S급 능력자의 공간 이동으로 진성능력자들이 사라지고 없었다.

'어쩔 수 없다. 최대한 시간을 맞추고 준비를 해두는 수밖에.'

활성화된 에너지를 가두어 두는 것도 어려운 일이기에 시작을 해야 했다.

— 시작해야 할 것 같아.

— 잘 인도해 줘요.

— 알았어.

엄청난 양이기는 하지만 비행기 안에 타고 있던 그 누구도 알아차리지 못할 만큼 은밀하게 에너지가 전송됐다.

'변화하는구나.'

아리를 통해 감각을 공유하며 에너지의 흐름을 이끌기도 했고, 별도로 심연의 심안으로 에너지의 끝자락을 들여다보고 있기에 어떤 변화를 일으키는지 금방 알 수 있었다.

천안문 광장 위에 집채만 한 거대한 불덩어리가 생겨나고 있었던 것이다.

지나가던 차량이나 사람들이 급하게 대피하는 것이 느껴졌다.

대변혁 이후 능력자들의 존재가 세상에 알려지면서 이능이 현실이 된다는 것을 사람들이 인지하고 있었기 때문인지 대피하는 데 그다지 큰 혼란이 일어나지 않았다.

기장은 아무것도 모르고 고도를 낮추고 있는 터라 위험한 상황이다.

— 준비 됐어요.

— 폭발의 여파가 퍼지지 않도록 천안문만 지상에서 지워 버려야 하는데 할 수 있겠어?

— 가능해요. 폭발력을 다 없애지는 못하지만 상공으로 치솟아 오르게 하면 주변에는 그리 큰 파장은 미치지 않게 될 거예요.

— 그럼 그렇게 해. 지금 바로 말이야.

찰떡 같이 알아듣는 아리에게 시작하라고 이야기했다.

'다행이 다른 활주로로 공간 이동을 한 것 같으니 위험한 상황이 발생하면 내가 막아야겠다.'

활주로에서 능력자간의 전투가 발생하면 비행기도 위험하기에 전투 슈트를 착용할 준비를 했다.

콰—앙!

우르르릉!

천안문이 폭발하며 에너지가 상공으로 치솟은 탓에 비행기 안인데도 커다란 폭발음이 들려왔고, 기체가 흔들렸다.

"뭐야?"

"왜 이래?"

착륙하는 상황이라 갑작스러운 일에 승객들이 당황했지만 기체가 곧바로 안정을 찾았고 정상적으로 착륙하기 시작하자 소란은 곧바로 가라앉았다.

— 착륙을 해도 위험할지 몰라.

— 활주로로 이동한 자들 때문인가요?

— 그럴 거······.

중국 쪽 능력자들이 자신들을 발견하고 움직인 때문인지 활주로로 공간 이동을 한 후 곧바로 다른 곳으로 움직이고 있었다.

— 생각은 있는 자들인 것 같아요. 착륙하지 못하면 위험할까봐 자리를 피하는 것을 보면 말이죠.

— 그나마 다행이군.

비행기가 랜딩기어를 내린 후 지상에 거의 다다른 상태라 위험할 수도 있는 상황이었다.

공간 이동을 한 시점과 적이 자신들을 발견하자마자 곧바로 움직인 것으로 봐서는 이미 계획을 세워 두었던 모양이었다.

제 9 장

일단 급한 위험을 피하는 것 같았기에 주변 상황을 살펴야 했다.

― 자금성과 인민대회당 쪽이 어떤지 살펴봐.

― 그쪽에 있는 자들도 움직이는 것 같아요.

― 자금성에 있는 자들은 천안문 쪽으로 움직이고, 인민대회당에 있던 자들은 우회에 자금성을 가고 있군.

이미 알고 있는 것이지만 아리는 자신을 통해 내가 감각을 연 것으로 알고 있기에 상황을 인지한 것처럼 텔레파시를 보냈다.

― 저기 봐요, 활주로 끝에서 곧바로 내리도록 할 모양 같아요.

천안문 광장에서 일어난 사태 때문인지 탑승 장치가 게이트에 연결되는 것이 아니라 활주로 가까운 쪽으로 이동하는 것이 창문을 통해 보았다.

— 상황이 상황이니만큼 승객들을 빨리 대피시키려는 걸 거야. 검색 절차는 쉽게 통과할 수도 있을 것 같아.

— 그나마 잘 됐네요.

— 아리가 잘 해줘서 일이 잘 풀린 것 같아.

— 제가 뭘요.

— 조금 있으면 탑승구가 열릴 모양이니 내릴 준비를 하자. 공항이 어수선할 테니 같이 움직여도 문제는 없을 거야.

— 모르는 척하는 게 힘들었는데 잘 됐어요.

기분 좋게 웃으며 곧바로 팔짱을 끼는 아리다.

블라디보스토크 공항에서부터 서로 남인 것처럼 각자 행동했는데 마음이 언짢았던 것 같아 머릿결과 얼굴을 쓰다듬어 줬다.

"좋다. 우리 서방!"

'이럴 때 보면 러시아 여자인지, 한국 여자인지 헷갈리네.'

금발에 하얀 피부를 가진 아리지만 어릴 때부터 김오 박사에 의해 키워지고 한류 드라마에 푹 빠져 지내서 그런지 러시아 여자 같지가 않다.

짐을 찾은 후 게이트를 나와 로비로 들어섰다.

'특이하기는 하겠지.'

백금발의 여자가 동양인 남자의 팔짱을 끼고 있어서 인지 우리를 보는 시선이 만만치 않다.

본래의 얼굴이 아니기는 하지만 지금 아리도 무척이나 아름

다워서 그러는 것 같다.

"호호호, 자기가 부러운가 봐요?"

"아리 같은 미인이 드물기는 하지. 저 사람들 눈에는 내가 능력자로 보일 거야. 어쩌면 돈 많은 재벌로 생각할 수도 있고 말이야."

"호호호, 능력자기도 하지만 자기는 행운아에요. 아무리 능력이 있다고 해도 나 같은 미인을 얻기가 쉬운 일이 아니니 말이죠. 제 말이 틀려요?"

"후후후, 맞아, 아리의 서방님이니 말이야."

"호호호호!"

기분 좋은지 맑은 웃음을 흘리는 아리로 인해 사람들의 시선이 더 집중이 됐지만 상관하지 않았다.

"자, 나가자."

"그래요."

공항 청사를 나와 대기하고 있는 택시 중 하나를 잡아타고 곧바로 예약해 둔 호텔로 향했다.

공항에서 그리 멀지 않은 곳이라 호텔까지는 10분도 채 걸리지 않았다.

호텔로 들어가 로비에 있는 인포메이션에 들러 예약을 확인하고 안내를 받아 객실로 들어갈 수 있었다.

톡! 톡! 톡!

"에구구! 힘들다."

어깨를 두드리며 아리가 힘들어 하는 척을 하니 장단을 맞춰야 할 것 같다.

"너무 무리한 거 아니야?"

"그건 아닌데 조금 힘들어요."

"이리 와봐."

아리를 화장대 의자에 앉히고 어깨를 주물러 주었다.

"애고, 시원하다. 서방님 손이 약손이네."

"좀 풀려?"

"정말 시원해요. 그런데 약속이 있지 않아요?"

"조금만 주물러 주고 갈게."

"아니에요. 약속을 한 건데 어서 다녀와요."

"할 수 없네. 그럼 씻고 한숨 자."

"알았어요. 하지만 속상하다. 우리 신혼인데……."

미리 이야기를 해 두기는 했지만 속상한 모양이다.

"미안해."

"한 번 해본 이야기예요. 조심해서 다녀와요. 다녀와서 우리 맛있는 거 먹으러 가요."

난 음식을 만드는 것도 좋아하지만 맛있는 걸 먹는 것도 좋아한다.

중국의 요리들은 그 재료의 방대성이나 지역의 특색만큼 아주 다양한 요리가 있어 세계적으로도 알아주는 나라다.

잘 알려져 있지는 않지만 마니아들 사이에서는 알아주는 곳

이 있기에 오늘 저녁은 아리와 함께 아주 근사한 저녁을 먹을
수 있을 것 같다.

"그래, 늦지 않게 돌아올게."

"그래요."

지금도 같이 가고 싶지만 아리와 한 약속 때문에 그럴 수가
없다.

내가 능력을 완전히 갖추기 전까지는 지인들에게는 아리를
비밀로 하겠다는 약속 말이다.

쪽!

"쉬고 있어."

"잘 다녀와요."

아리에게 키스를 하고 객실을 나섰다.

약속 장소가 그리 멀지 않은 곳이기에 호텔을 나온 후 걸어서
움직였다.

'곳곳에 포진해 있군.'

상당히 많은 수의 진성능력자들이 호텔에서는 물론이고, 거
리 곳곳에서 기척을 숨긴 채 사람들을 지켜보는 것이 느껴졌다.

'하긴 천안문 광장이 박살나고, 자금성은 완전히 잿더미가
됐으니……'

이번에 중국은 제대로 한 방 먹었다.

자신들의 자긍심이라고 할 수 있는 두 곳이 완전히 박살이 나
버렸으니 말이다.

능력자들을 살피며 걷다가 목적지에 도착할 수 있었다.

오는 동안 천천히 얼굴을 변화시키고 있었기에 능력자들도 내가 다른 사람으로 변했다는 것을 알아차리지 못했다.

'오룡대반점은 변하지 않았군. 어서 들어가자.'

오룡대반점은 퓨전 중화레스토랑으로 미슐랭 가이드에서도 별 2개를 받은 특급식당이다.

음식 맛도 맛이지만 특별 객실이 있어 비밀리에 대화를 나누기에 좋은 곳이었다.

안으로 들어가 안내를 받아 예약된 곳으로 갈 수 있었다.

"형님."

"장호야."

아직은 앳되어 보이지만 총기가 가득한 눈으로 반갑게 나를 맞아 주는 이가 바로 내 의동생인 장호다.

'전보다 나아진 것 같구나. 의젓해진 것도 같고.'

중국이라는 곳은 사람과의 관계를 아주 중요시 한다.

관계를 위해 가족을 제외한 모든 것을 포기하는 일도 다반사로 일어날 만큼 말이다.

포기하는 것 중에는 놀랍게도 나라도 포함되어 있다.

가족과 피를 나눌 정도로 관계가 있는 사람이 아니라면 그것이 자신이 속한 나라일지라도 쉽게 저버리는 것이 중국 사람들의 습성이다.

지금 음식점 별실에서 나와 마주하고 내 앞에 있는 창후, 우리말로는 장호도 그렇다.

국적이 중국이기는 하지만 온전히 내 사람인 이다.

"그동안 잘 지냈냐?"

"형님 덕분에 저야 잘 지냈죠. 어서 자리에 앉으세요."

"그래. 일은 잘 되어가고 있고?"

"하하하! 물론이죠. 그리고 저 이번에 승진할 것 같아요."

"벌써? 우리 장호 대단하네. 축하한다."

장호의 나이는 스물 하나다.

아직 어린 나이인데 중국 최대의 바이오반도체 기업의 차장급이 되는 것이다.

18살에 칭화 대학교를 졸업한 천재라고는 하지만 고작 3년만에 차장급이 된다는 것은 그야말로 초고속 승진이라고 할 수 있다.

"에이, 뭘요. 이게 다 형님 덕분인데."

"인마, 그게 왜 내 덕분이냐? 다 네가 노력해서 그런 건데 말이야."

"아니에요. 형이 없었으면 이런 기회도 잡을 수 없었을 텐데요. 그 때만 생각하면…… 에휴, 생각하기도 싫네요."

"잊어버리라고 했지 않냐. 그만 잊고 이번 일이 마지막이니끝나게 되면 네 삶에 충실해라."

괜히 하는 이야기가 아니다.

이 녀석은 아주 큰 트라우마를 가지고 있으니 말이다.

천재 생물학도이자 공학도인 장호는 칭화대학교 졸업하기 직전에 죽음의 위기를 맞았었다.

방학 기간 중에 사천에 갔다 북경으로 돌아오던 장호는 장기 밀매 조직에 납치를 당했었는데, 그때 구출한 것이 바로 나였다.

알파에 들어 간 초창기에 게이트의 발생 빈도가 높아진 중국을 조사하기 위해 파견 임무를 왔었던 때였다.

게이트 발생지 근처에서 의문의 집단이 움직이는 것을 포착하고 나서 비밀리에 조사에 나섰었다.

의문의 집단을 조사하다가 놀라운 사실을 발견했는데 놈들은 게이트에서 흘러나오는 에너지로 신체를 활성화시킨 후 장기를 적출해 밀매하는 조직이었다.

임무 때문에 나서지 않아야 하지만 인간이라고 할 수 없는 놈들이었기에 모두 소탕하고 구한 것이 바로 장호였다.

납치된 사람이 여럿이었지만 내가 구한 이는 장호 단 한 명뿐이었다.

내가 놈들을 소탕했을 때에는 다른 이들은 이미 모든 장기가 적출이 끝난 상태라 죽어 있었기 때문이다.

장호는 마지막까지 살아 있었기에 의문의 조직에 대해 상당히 많은 것을 알고 있었다.

장기 적출을 끝내면 어차피 죽을 것이기에 조직원들이 비밀을 굳이 감추려 하지 않아서였다.

그때의 일로 인해서 장호는 중국 정부에 지독한 반감을 가지고 있었다.

잡혀 있는 동안 중국 정부가 놈들에게 의뢰를 해 실험 재료로서 게이트 에너지로 강화한 장기를 조달받았다는 것을 알았기 때문이었다.

내가 권유하기는 했지만 지금 다니고 있는 바이오반도체 기업에 취업을 하고 정보를 캐내는 것도 그때의 일로 인해서다.

적출된 장기 중에서 뇌가 이동한 최종 행선지가 바로 장호가 근무하는 티엔샤(天下)바이오로, 배후에 중국 정부가 버티고 있는 기업이다.

진급을 했다고 저리 좋아하는 것도, 차장급부터 비밀 정보에 접근할 수 있는 권한이 주어지기 때문이다.

내가 대한민국에서 특별한 임무를 수행하는 요원이라는 것을 알면서도 장호가 목숨을 걸고 따르는 이유가 여기 있었다.

중국과 전면전을 했던 한국의 정보 요원이라면 중국 정부에 제대로 물을 먹일 수가 있다고 생각하는 것이다.

'그렇다고 그것 때문에 나를 따르는 것만은 아니지.'

물론 나를 친형제처럼 여기는 탓에 도움을 주려는 이유도 크지만 말이다.

믿을 수 있느냐를 따진 다면 확실히 믿을 수가 있다.

장호는 나를 의형으로 대한다.

목숨이 다하는 날까지 자신의 존재를 걸고 따르겠다고 맹세를 했기 때문이다.

대변혁 전이라면 맹세라는 것을 쉽게 번복할 수 있겠지만, 어기는 순간 곧바로 소멸이 되니 지금은 절대적으로 믿을 수 있다.

사실 나를 따르겠다는 맹세를 했지만, 나는 장호가 악몽 같은 기억을 잊고 자신의 삶을 살기 바란다.

나에게 속하기보다는 자신이 가진 재능을 활짝 펴며 즐겁게 말이다.

하지만 그건 내 생각뿐이었나 보다.

"형님, 전 잊지 않을 거예요. 잊어버릴 수도 없고요. 내가 나이가 어려서 조금이라고 더 살라고 자청해서 먼저 나섰던 분들 때문이라도 잊어서는 안 되죠."

"휴우! 그래, 네 생각이 그렇다면 어쩔 수 없지."

"그렇지만 앞으로의 일도 생각을 해라. 이번 일이 끝나면 마지막이니 너도 네 삶을 살아야 하니까 말이야."

"에이, 나 혼자서요? 저에게 남은 것은 형님뿐이라는 것을 아시잖아요?"

조금 전의 경색된 분위기와는 달리 주인을 바라보는 강아지 같은 눈빛이다.

"저번에 말한 것처럼 이번 일이 끝나고 나서도 계속해서 나를 따를 거라는 말이냐?"

"당연하죠. 이 세상 천지에 믿을 수 있는 지인이라고는 형님뿐인데. 그리고 형님은 차원통제사가 될 거라고 했잖아요. 차원통제사가 되면 형님도 지구에 기반이 있어야 할 텐데 그걸 제가 맡고 싶어요. 기회가 되면 저도 차원통제사가 되고 싶기도 하고요. 날 버리려고 하면 알아서 해요."

"에휴, 알았다. 말린다고 들을 녀석도 아니니."

"하하하, 고마워요."

지구 대차원과 연결이 된 차원들을 탐험하기도 하고 가이드도 하는 존재가 차원통제사다.

진성능력자로 구성된 요원들만 지원하는 정부에서는 민간 통제사들에 대해 일일이 신경을 쓰지 않으니 장호 말대로 나를 지원해 줄 기반을 지구에 마련해 둬야 한다.

장호는 믿을 수 있는 녀석이고, 꿈이 차원통제사니 앞으로 같이 해도 좋을 것이다.

이제 전역을 하기로 마음을 먹었으니 말이다.

'그래도 트라우마가 많이 가신 것 같아 다행이다. 그래도 혹시라도 모르니 내가 데리고 있으면서 보살피는 것도 나쁘지는 않을 것이다.'

장호가 방학 때 아무도 없는 고향에 간 것은 한 날 한 시에 돌아가신 부모님의 기일을 맞아 산소를 돌보기 위해서다.

천애고아라서 나에게 그런 귀속적인 맹세를 한 것도 아마 외로워서일 것이다.

"그나저나, 형님. 천안문 광장하고 자금성에서 굉장한 일이 벌어졌다는 거 알아요?"

"천안문 광장에서 폭발이 일어났다는 것은 아는데 자금성은 왜? 테러라도 일어난 거냐?"

아리를 호텔에 머물게 한 후 곧바로 약속한 곳으로 와서 만나는 길이라, 자세히 모르기에 궁금하지 않을 수 없었다.

"랭커들이 자금성에서 싸운 것 같아요. 그 덕분에 자금성이 완전히 폐허가 됐어요."

"랭커들이 싸워?"

예상을 한 일이지만 모르는 척 되물었다.

"지금까지 알려지지 않은 랭커들이 한바탕 싸운 것 같아요. 유튜브에 올라온 것을 보면 A급 능력자들을 훨씬 상회하는 파괴력을 가진 것 같으니 말이죠."

"싸운 자들이 S급 이라는 말이냐?"

"그런 것 같아요. 제 생각에는 아무래도 비밀에 가려진 이쪽 S급들과 대한민국 S급들이 붙은 것 같아요."

"대단하군. S급들이 전투를 하다니 말이야."

"그리고 이건 제 예상이기는 하지만 S급 중에서 죽은 이도 있는 것 같아요."

"죽은 사람이 있다니 무슨 말이냐?"

S급 진성능력자의 죽음은 파장이 엄청나기에 확인하지 않을 수 없었다.

"형님을 만나기 전에 사체 한 구가 제가 일하는 연구소로 옮겨졌는데 앰뷸런스 기사에게 들은 이야기로는 자금성 쪽에서 왔다고 했어요. 그리고 사체가 도착하자마자 본부장이 심각한 표정으로 직접 움직이며 지휘하는 것을 보면 S급 능력자인 것 같아요. 본부장 그 자식은 함부로 움직이는 놈이 아니거든요."

자금성에서 S급 진성능력자 중 하나의 에너지 흐름이 끊기는 것을 느끼며 죽었다는 것을 알았지만 사체가 장호가 일하는 기업 연구소로 옮겨졌다니 흥미로운 일이 아닐 수 없었다.

"헤헤, 저, 형님."

"왜?"

"제가 내일부터 차장이 되는데 한 번 알아봐 드릴까요?"

"그래, 대신 아주 신중하게 알아봐라."

"헤헤, 그럴 줄 알았어요."

"조사하면서 어느 때보다 냉철해야 할 거다."

"무슨 말이에요?"

"이번 일을 조사를 하다보면 어쩌면 네가 찾고자 하는 것을 찾을 수 있을지 몰라서 하는 말이다."

"정말이요?"

"그래, 네 말대로 그게 S급 진성능력자의 사체라면, 게이트 에너지로 활성화된 장기들이 왜 필요한지 알 수 있을 지도 모른다. S급 진성능력자의 몸은 한마디로 에너지 응축 기관이라고 할 수 있으니 말이다."

"으음, 그렇겠네요. 제일 활용도가 높으니 말이죠. 알았어요, 최대한 알아볼게요."

"그렇지만 너무 무리하지는 마라. 지금까지 네가 전해준 것으로도 어느 정도 윤곽이 잡혔으니 말이다."

"절대 무리하지 않아요. 잊으셨어요? 제 좌우명이 뭔지!"

돌아가신 부모님께 떵떵거리며 잘 살겠다고 맹세한 터라 무리하지는 않을 것이다.

하지만 너무 위험한 걱정이 되지 않을 수 없었다.

"그래, 알고 있다. 하지만 정말 조심해야 한다. 그리고 얼른 연구소로 돌아라. S급 진성능력자의 사체가 들어왔다면 거기도 비상사태일 테니 말이다."

"맞는 말씀이네요. 형님과 점심이라도 함께 하고 싶지만 연구소까지 갈 시간이 촉박하니 먼저 들어가 볼게요."

"알았다. 연락은 별도로 하마."

"알았어요."

연구소까지 거리가 제법 되기에 장호가 자리에서 일어나 곧바로 밀실을 나섰다.

장호가 나가고 탁자 위에 남아 있는 차를 홀짝이고 있으니 누군가 안으로 들어왔다.

조심스럽게 안으로 들어온 자는 오룡대반점의 주인이자 나에게 귀속된 것이나 다름없는 유백상이었다.

"자료는 어떻게 됐지?"

"준비되었습니다. 여기!"

유백상이 나에게 구슬 하나를 건넸다.

일종의 저장 장치로, 레드섹션이라는 특수한 물건이다.

"보시면 아시겠지만 다행스럽게도 만족하실 만한 정보를 얻을 수 있었습니다."

"쉽지 않았을 텐데 고생했군."

"아닙니다."

"앞으로도 수고해 주었으면 한다."

"언제든지 분부만 내려주시면 됩니다."

"고맙군."

"그런데 식사는……."

"다음에 와서 먹도록 하지."

"고대하고 기다리겠습니다."

"그럼 이만 가보겠다."

자리에서 일어나 객실을 나섰다.

밖으로 나오는 동안에도 유백상은 나에게 직각으로 굽힌 허리를 들지 않았다.

유백상의 움직임을 알고 있으면서도 아무렇지 않게 객실을 나왔다.

'얻기 쉽지 않았을 텐데 역시로군. 이제 타클라마칸 쪽으로 움직인 자들에 대한 정보를 얻었으니, 그들을 통해 중국 정부 쪽 동향만 살펴보면 되겠군.'

게이트를 열기 위해 누가 진성능력자들을 움직인 것인지 파악을 하려면 필요한 정보였다.

진성능력자들의 뒤를 추적하다보면 누구인지 실체가 드러날 것이다.

'어디!'

— 채널 접속! 해제 암호는 세상으로 나아가는 자!

스킨 패널과 접속시켜 음성 인식을 통한 암호로 해제를 하고 생체 파장이 확인되자 레드섹션이 열렸다.

— 데이터 전송!

'기관과 연결이 된 자들과 가족을 가진 자들, 그리고 아무런 연결 없이 단독으로 움직이는 자들로 분류를 했군.'

레드섹션에 담겨 있는 정보를 스킨 패널로 옮긴 후 분류하자 3가지 파트로 나뉘어 있는 것을 확인할 수 있었다.

'아주 상세하군.'

정보들이 무척이나 상세한 것을 보면 유백상이 작정을 하고 수집한 것이 분명했다.

'일단 그들을 움직이자. 이 정도 정보를 확인하는 것은 충분히 감당할 수 있는 자들이니까.'

정보의 확인을 위해 생각을 정리하며 오룡대반점을 나오며 아까와는 주변의 분위기가 달라졌다는 것을 확인할 수 있었다.

'아까 보다 많아진 것을 보니 본격적으로 움직이고 있는 모양이군.'

북경거리 곳곳에 숨어 사람들을 관찰하는 능력자들이 장호를 만나기 전보다 두 배는 되었다.

'으음, 이정도 동원 능력이라면 중국 정부의 정보 총괄을 하

290 차원★통제사

는 국가안전부를 넘어선 규모인데, 천상안이라는 대륙천안이 동원된 건가?'

이렇게 빠르게 북경 일대를 능력자들로 휘감을 수 있는 조직은 대륙천안밖에 없었다.

하늘의 눈이라는 다른 이름을 가진 대륙천안은 그야말로 무소불위의 권력을 가진 중국 내 최고의 조직이다.

군과 행정부를 비롯한 국가 정보 조직을 사실상 총괄하고, 능력자들은 물론이고, 오랜 세월 동안 이면 세계를 지배해 온 무림과도 연계를 가진 곳이다.

'다시 전면전이 발생할지도 모르겠군.'

대륙천안은 통합대한민국과의 전쟁에서 진 후 창설된 조직으로, 그야말로 범국가적으로 만들어진 곳이다.

대륙천안이 본격적으로 나섰다면 이번 일을 아주 심각하게 본다는 뜻이기에 마음이 무거웠다.

'그래도 오늘 다 가봐야 한다.'

나중을 위해 내가 북경에 심어 놓은 이들에게 앞으로 해야 할 일을 지시해야 한다.

대륙천안이 움직였다고 해도 아직은 초기라 완벽하게 북경을 차단할 수는 없을 테니 빠르게 움직여야 했다.

오룡대반점을 떠나 접촉할 대상은 모두 세 명이다.

직접 만나는 것이 아니라 약속한 곳에 정보를 남기는 것뿐이기에 대륙천안의 눈을 피할 수 있을 터였다.

내 정보를 받아볼 자들은 장호를 구출하고 북경에 왔을 때 인연을 맺은 이들이다.

국적은 중국인이기는 하지만 근본은 완전히 달라 믿을 만한 이들이었다.

무엇보다 특별한 능력을 가지고 있어 내가 얻은 정보들을 확인하는 데는 이만 한 이들이 없었다.

'그리고 그것도 확인을 해봐야 하니 서두르자.'

내가 가지고 있는 세 개의 레드섹션에 분류된 정보들을 하나씩 담은 후 급하게 움직였다.

레드섹션을 약속 장소에 가져다 놓기도 해야 하지만 급하게 확인할 것도 있었기 때문이다.

세 시간 정도 관광객처럼 북경을 돌아다녔다.

내가 관광한 곳들은 사전에 약속된 장소들을 거치는 코스였다.

약속한 장소에는 대응기가 설치되어 있어 레드섹션을 놓으면 모종의 장소로 레드섹션이 이동을 하게 되어 있었다.

그렇게 약속된 장소를 돌며 레드섹션들을 남기고 마지막으로 한곳을 들렀다.

'틀림없군.'

고택들이 즐비한 문화 지구로 지정된 곳으로, 내가 느꼈던 것이 틀리지 않았다는 것을 확인할 수 있었다.

'아리와 함께 오는 것도 나쁘지 않을 테니 예약을 하고 저녁 때 들러 보자.'

고택들 가운데 있는 비밀 장소는 아무나 들어갈 수 없는 곳이라 예약을 해야 했다.

스킨 패널을 열고 전에 왔을 때 받아두었던 코드를 열어 예약을 잡을 수 있었다.

'늦었으면 큰일 날 뻔했군.'

딱 한 자리만 남아 있어 예약을 하지 못할 뻔했기에 어느 정도 안심이 되었다.

'이제 돌아가자.'

볼일을 다 끝마쳤기에 고택지구를 나와 택시를 잡아타고 서둘러 호텔로 향했다.

호텔 로비에 들어서자 아까 보다 몇 배나 많아진 능력자들을 느낄 수 있었다.

'대단하군. 어느 정도 패턴을 파악한 모양이군.'

드나드는 이들을 노골적으로 감시하고 있었지만 자금성이 잿더미로 변한 것이 알려져서인지 다들 조심하는 분위기가 역력했다.

'자금성을 친 이들이 북경을 빠져 나가지 않고, 호텔 같은 곳에 머물지도 모른다고 판단한 모양이군.'

로비 안쪽에 앉아 있는 진성능력자의 에너지가 전신을 감싸며 나를 탐색하는 것을 느끼면서 엘리베이터를 타고 곧바로 객실로 올라갔다.

'아무것도 느껴지지 않는군.'

심연의 심안을 계속 발동하고 있지만 객실 앞에 서 있는데도 아리가 S급 능력자라는 것을 감지할 수 없다.

나와 하나가 된 후에 새로 각성한 살예를 항상 펼치고 있기 때문이다.

S급 진성능력자라도 아리가 S급 능력자라는 것을 파악할 수 없을 것이기에 일단은 안심이 되었다.

삐이!

— 자기?

"나야."

딸칵!

문이 열리며 아리의 얼굴이 보였다.

객실로 들어서자 아리가 겉옷을 받아주었다.

"늦었네요. 피곤하죠?"

"시내 구경을 좀 했지만 그다지 피곤하지는 않아."

"다행이네요. 그럼, 좀 쉬다가 저녁 먹으러 가요."

"그러자."

내가 나갈 때와는 달리 능력자들이 객실 하나하나에 능력을 펼쳐 도청을 하는 중이었다.

아리도 호텔이 집중감시 대상임을 아는지 일상적인 대화만 하고 있었다.

"그래, 맛있는 집은 찾았어요?"

"조금 비싸기는 하지만 찾은 것 같아. 하지만 테러 때문에 분위기가 험악해서 말이야."

"그래도 먹으러 가요. 호텔식은 언제든지 먹을 수 있으니까요."

"하하하! 알았어. 좀 쉬다가 나가 보자."

"고마워요."

그냥 일상적으로 보여야 하기에 아리와 대화를 끝내고 욕실로 가서 샤워를 했다.

샤워를 마치고 욕실을 나오자 아리가 잠옷을 들고 기다리고 있었다.

"걸어서 다니느라고 힘들었는데 잠옷으로 갈아입고 침대에 좀 누워요."

"알았어.

쪽!

생각이 고마워 아리의 입에 뽀뽀를 했다.

우리는 침대에 나란히 누워서 텔레비전을 켰다.

채널을 돌려 봤지만 대부분의 방송이 천안문과 자금성에 대해 특별 보도를 하고 있었다.

"다친 사람은 조금 있어도 죽은 사람은 하나도 없다고 하니 그래도 다행이네요."

"그러게."

"능력자들 세상에 됐다고는 하지만 저렇게 막무가내로 싸우는 것을 보면 세상이 진짜 변한 것인지 의심스러워요."

"세상이 변하고 자신의 본질을 알게 됐다고는 하지만 욕심은 사라진 것이 아니니까 말이야."

호텔을 감시하는 이들 때문에 하는 말이기는 하지만 대부분 사실이다.

세상이 변하기는 했지만 인류는 아직 그다지 변하지 않은 것 같으니 말이다.

대변혁 당시 세계를 관통하는 의지를 느낀 사람들은 모든 것이 변화할 것이라고 생각했지만 사실 그다지 변한 것은 없었다.

마법과 몬스터, 이야기나 신화에 나오는 종족들이 차원간의 교류도 모습을 드러냈으니 대변혁 이후 극심한 변화가 찾아온 것이 맞기는 했다.

따져 보면 다른 차원의 문화나 문물이 인류의 삶에 영향을 끼친 것이지 인간의 본질이 변화한 것은 아니었다.

대변혁 이전이나 지금이나 인류가 변한 것은 그리 많지 않았다.

전보다 자신의 본질을 찾아 새로운 삶을 살고자 하는 이가 많았을 뿐, 인간의 추악한 욕망이 찾아내 본질을 누르는 것은 여전했기 때문이다.

인류가 변하지 않았다는 것은 믿기 싫은 이야기다.

인류를 포기할 수 없기에 그래서 나는 지금이 변해가고 있는 과정이라 생각하고 있다.

부디 내 생각이 맞기를 바라면서 말이다.

호텔이라서 그런지 위성방송으로 세계 각국의 뉴스가 나오기에 돌려보았다.

나라마다 시각이 다르기는 하지만 기본적인 골격은 능력자들의 행태를 규탄하는 방송이었다.

특하나 일본과 미국, 그리고 러시아가 대한민국의 개입 가능성을 조심스럽게 제시하면서 성토하는 기조의 뉴스를 내보내고 있어 마음이 불편했다.

'대한민국의 뉴스는 아예 막아 놓은 모양인데 뭐라고 나오는지 궁금하군.'

열어서는 안 되는 게이트를 열려고 했으니 원인을 제공한 것은 러시아와 중국이다.

다른 차원의 게이트가 열릴 수 있다는 비밀을 감추기 위해 언급을 하지는 않겠지만 이렇게 전격적으로 작전을 수행한 것을 보면 언론이나 외교적으로 대응책을 마련했을 테니 말이다.

'얼마 있지 않아 알게 되겠지.'

이곳에서의 조사가 끝나면 한국으로 돌아갈 터라 어떤 반응을 보이고 있는지 알 수 있을 것이기에 채널을 돌리며 계속해서 뉴스를 시청했다.

연이은 속보와 피해 상황을 전하는 뉴스에 질릴 때쯤 붉은 빛 노을이 창문에 어리는 것을 보고 침대에서 일어났다.

"그만 나갈까?"

"그래요. 우리 기분도 꿀꿀한데 맛있는 것 먹어요."

"그러자. 아주 좋은 곳을 예약해 놨어. 음식 맛도 좋고, 재미있는 이벤트도 있으니까 아리도 마음에 들 거야."

"우와! 정말이요?"

"그래, 어서 옷 갈아입고 나가자."

"그래요."

외출복으로 갈아입고 나갈 준비를 했다.

둘 다 캐주얼하게 입은 탓에 누가 보더라도 신혼부부처럼 보이는 복장이었다.

중국의 수도답게 많은 발전을 이룬 곳이 북경이다.

고층 건물이 즐비하고, 자기부상열차도 곳곳에 깔려 있어 세계 유수의 도시만큼 발전된 곳이기도 하지만 그렇지 않은 곳도 있다.

내가 아리와 함께 찾아가는 곳도 그런 곳 중 하나다.

옛날 전통 가옥들이 밀집된 곳이었는데 하루 딱 열 명만 예약을 받아 음식을 만들어 주는 식당이었었다.

"우와! 북경에 이런 곳이 있었어요?"

호텔부터 타고 온 택시에서 내린 아리가 감탄스러워 하며 주변을 둘러본다.

"문화지구로 등록된 곳인데 우리가 갈 곳은 저기 청등이 걸려 있는 곳이야."

"저기가 식당이에요?"

"맞아. 중국 3대 요리를 맛볼 수 있는 곳이지."

"북경, 광동, 사천지방의 요리 말이죠?"

"아리도 잘 아네. 아까 와서 예약을 해두었으니 준비가 되어 있을 거야."

"히히, 어서 가요."

신이 났는지 내 팔짱을 끼고 이끄는 아리를 따라 고택으로 들어갔다.

안으로 들어가자 중국 전통 옷인 붉은색 치파오를 입은 종업원이 우리를 맞았다.

"어서 오십시오. 이쪽으로 가시면 됩니다."

"고마워요."

종업원을 따라 들어간 곳은 아담한 객실이었는데 벽 사방에 고서화가 걸려 있는 것이 고풍스러운 분위기를 자아내고 있었다.

자리에 앉자 치파오를 입은 종업원이 위를 보호한다는 보위차를 따라 주었다.

"잠시 기다리시면 시작할 겁니다."

"부탁할게요."

"그럼, 전 이만."

"우와! 여기에 있는 거 모두 진품이잖아요?"

여종업원이 가볍게 목례를 하고 나가자 아리가 얼굴을 앞으로 들이밀며 말했다.

"맞아. 당송대의 진품들이지."

"겁나서 음식이 넘어갈지 모르겠어요?"

"하하하! 보호 마법진이 작품마다 걸려 있어서 그렇게 걱정할 필요는 없어."

"보호 마법진이라니, 여기 주인인 대단한 사람인가 봐요?"

"대단하기는 하지. 북경의 세도가들도 함부로 못하는 사람이니 말이야."

"그런데 이런 곳은 어떻게 알았어요."

"예전에 중국에 왔었을 때 지인에게 소개를 받고 몇 번 와봤
었어."

"그런데 여기 꽤 비쌀 텐데……."

"나 여유가 꽤 되는 편이야. 그리고 우리 신혼여행이잖아. 아
리에게 즐거운 추억이 될 거야."

"즐거운 추억이요?"

"여기서 음식만 파는 것은 아니거든."

"다른 것도 있어요?"

"그래, 조금 있으면 시작할 거야."

말이 끝나자 한쪽 벽이 소리 없이 밀려나며 바닥이 대리석으
로 이루어진 공간이 나타났다.

객실들이 회랑처럼 이어져 있었기에 벽이 밀려나자 중앙 쪽
공간이 나타난 것이다.

"저기서 공연 같은 것을 해요?"

"맞아. 하지만 특별한 공연이지."

말이 끝나기 무섭게 양쪽에서 치파오를 입은 세 여자가 나타
났다.

그중에는 우리에게 차를 따라 주었던 종업원도 있었다.

삼재를 이루며 마주보고 서 있는 세 명의 손에는 각자 검이
쥐어져 있었다.

띠디디디—딩!!

화르르르!

채—앵!

현이 뜯기는 소리와 함께 그녀들의 뒤쪽에 축구공만 한 불덩어리가 갑자기 나타나자 셋은 검을 떨쳐내며 뒤로 돌더니 서로의 등을 맞댔다.

휘—익!

슈슈슈슉!

촤르르르르—!

곧바로 불덩어리와 삼재진을 이루는 여검수들이 어울리는 검무가 시작되었다.

치파오를 입고 비파 소리에 이뤄지는 여검수들의 검무는 무척이나 섹시하면서도 멋있었다.

— 진성능력자들이네요.

— 맞아. 최소한 B급 이상일 거야.

— 정말 대단하네요. 하지만……

내 말에 아리가 놀란 표정을 지었다.

B급의 진성능력자가 이런 데서 공연을 하는 것이 낭비라고 생각한 모양이다.

— 그냥 지켜봐. 여기에 있을 만한 이들이니까 말이야.

— 알았어요. 그런데 기세도 그렇고 묘한 현기가 어린 것을 보면 일반적인 공연이 아닌 것 같아요.

─ 저건 검무가 아니라 최고의 합격진이야. 휘장처럼 둘러쳐진 보호 마법진이 아니면 지켜볼 수 없을 정도로 막대한 에너지가 저기 휘몰아치고 있는 중이지.

─ 우와! 그 정도면 웬만한 A급 진성능력자도 저들에게 밀릴 것 같네요.

─ 그래. 저 합격진을 상대하려면 준 S급 진성능력자는 되어야 할 거야.

─ 그렇겠네요.

대화를 마친 아리는 다시 집중을 했고, 여검수들의 공연은 한동안 계속됐다.

10분 정도의 공연이었지만 능력자들이 펼치는 것이었기에 박진감 넘치고 화려했다.

공연이 다 끝난 후, 벽이 다시 닫힌 후에 식사가 시작이 되었다.

전채부터 시작해 시중에서는 보기 드문 코스 요리들이 하나둘 들어오기 시작했다.

아리는 러시아 여자답지 않게 젓가락을 능숙하게 사용하며 앞 접시에 음식을 덜어서 먹었다.

"호호호, 맛있네요."

"많이 먹어."

"자기도 많이 먹어요."

"알았어."

정말 맛있는 요리들이었다.

아리와 소소한 대화를 나누며 차례대로 나오는 요리들을 즐겼고, 식사가 끝나자 아리가 만족스러운 표정으로 젓가락을 내려놓았다.

"재료들도 신선하고 정말 맛있게 먹었어요."

"전통 방식들로 만든 것들이라 아리 입맛에 맞을지 몰랐는데 맛있다니 다행이야."

"호호호, 정말 기분 좋은 식사였어요. 그래도 나는 자기가 만들어준 음식이 세상에서 제일 맛있는 거 같아요."

최고의 요리사가 만든 것이 훨씬 맛있을 텐데도 저리 말하다니 아리는 예쁨을 받을 만한 여자다.

"그래! 아리가 그렇게 칭찬을 해주니 이거 기분 좋은데. 그럼 종종 해줘야겠네."

"호호호, 고마워요. 잘 먹을 게요. 그런데 아까 그 여자들도 그렇고, 여기는 정말 뭐하는 곳이에요?"

"하하하, 기다려 봐. 조금 있으면 알게 될 거야."

많이 참은 것은 알지만 내가 이야기해 주는 것보다 아리가 직접 경험하는 것이 좋기에 말해 주는 것을 뒤로 미뤘다.

〈『차원통제사』 제2권에서 계속〉